迟到的报告

五二三项目与青蒿素的研发纪实

钱信忠

二〇〇五年十月

迟到的报告

五二三项目与青蒿素研发纪实

A DETAILED CHRONOLOGICAL RECORD OF PROJECT 523 AND THE DISCOVERY AND DEVELOPMENT OF QINGHAOSU(ARTEMISININ)

张剑方 主编

羊城晚报出版社

·广 州·

图书在版编目（CIP）数据

迟到的报告：五二三项目与青蒿素研发纪实／张剑方主编. —广州：羊城晚报出版社，2006.11（2015. 10重印）
ISBN 978-7-80651-539-6

Ⅰ. 迟… Ⅱ. 张… Ⅲ. 纪实文学—中国—当代
Ⅳ. I25

中国版本图书馆CIP数据核字（2006）第121896号

迟到的报告——五二三项目与青蒿素研发纪实
Chidao de Baogao——523 Xiangmu yu Qinghaosu Yanfa Jishi

封面题字　钱信忠
本书策划　黄德裕
责任编辑　罗贻乐　吴伯衡
责任技编　汤卓英
责任校对　胡艺超
出版发行　羊城晚报出版社
（广州市天河区黄埔大道中309号羊城创意产业园3-13B　邮编：510665）
网址：www.ycwb-press.com
发行部电话：（020）87133824
出 版 人　吴　江
经　　销　广东新华发行集团股份有限公司
印　　刷　佛山市浩文彩色印刷有限公司（佛山市南海区狮山科技工业园A区）
规　　格　890毫米×1240毫米　1/24　印张8.5　插页27　字数200千
版　　次　2006年12月第1版　2015年10月第2版　2015年10月第2次印刷
书　　号　ISBN 978-7-80651-539-6/R·170
定　　价　36.00元

《迟到的报告——五二三项目与青蒿素研发纪实》

编写人员名单：

张剑方	原全国523领导小组办公室副主任
周克鼎	原全国523领导小组办公室负责人、原青蒿素指导委员会委员兼秘书
周义清	原北京地区523领导小组办公室主任
施凛荣	原全国523领导小组办公室助理员
傅良书	原昆明地区523领导小组办公室主任
王焕生	原上海地区523领导小组办公室主任
宋书元	中国人民解放军军事医学科学院资深药理毒理学教授、研究员，本书科学技术顾问

各地区疟疾防治研究领导小组、办公室负责同志工作座谈会合影留念

1981年3月，经国务院、中央军委批准，全国523领导小组在北京召开总结表彰大会。国家卫生部钱信忠部长（前排左14）、黄树则副部长（前排左16）、陈海峰局长（前排左20）、国家科委武衡副主任（前排左15）、中国人民解放军总后勤部副部长张汝光（前排左13）、国家石油化工部陈自新局长（前排左19）、中国人民解放军军事医学科学院涂通今院长（前排左17）、祁开仁副院长（前排左18）、中国医学科学院吴征镒院长（前排左21）等与出席会议的代表合影留念

中央军委原副主席刘华清上将(左3)向荣获国家发明一等奖抗疟新药本芴醇发明人邓蓉仙教授（中）颁奖

原全国523领导小组组长单位、国家卫生部钱信忠部长为《迟到的报告——五二三项目与青蒿素研发纪实》题写书名。左为本书主编张剑方

国家卫生部原部长钱信忠会见编写组部分老同志
左起：张剑方、钱信忠、宋书元、周义清、陈鸿书

2006 年 5 月 23 日，中信技术公司邀请 523 项目部分老同志在北京举行 523 项目 39 周年座谈会

前排左起：杨淑愚、丛众、宋书元、沈家祥、陈海峰、张剑方、张逵、张淑改

第二排左起：周义清、周克鼎、马仲信、王焕生、郭安荣、孟鹤雁、孙晓文、李英、罗泽渊、刘羊华

第三排：左起：施凛荣、周钟鸣、李泽琳、朱海、余泽琳、宁殿玺、刘天伟、王存志（右 1）

后排：王京燕（左 2）、钟景星（左 3）、叶祖光（左 6）、逯春明（左 7）等

1967年，全国523领导小组组长单位国家卫生部陈海峰局长（左5）深入云南边境（勐腊）检查、了解523现场工作情况，和部分科研人员合影

1968年，全国523领导小组办公室张剑方副主任深入海南黎村了解523现场工作情况

1968年，李国桥（左1）在海南岛黎村为疟疾病人治病

1969年，李国桥（中）自身感染疟疾，让同事靳瑞（右1）针刺大椎穴位，试验效果

1974年，由第三军医大学（原第七军医大学）和上海医药工业研究院合作研制的“硝喹”在云南省耿马县孟定公社进行临床试用研究。临床组受到当地民众的欢迎

1974年，上海医药工业研究院张秀平（左）和第三军医大学胡友梅（右）在云南边疆一起观察新药效果

1974年，上海医药工业研究院张秀平在为病人采血

1974年，第三军医大学、上海医药工业研究院现场试用工作结束后，与当地群众合影留念

1976年1月23日至7月23日，应柬埔寨的邀请，我国派出由承担523任务单位的专业技术人员组成的疟疾防治考察团，赴柬帮助开展疟疾防治和青蒿素临床验证

前排左起：瞿逢伊，姜云珍，邓淑碧，王国俊，赵保全

后排左起：李国桥，黄承业，王元昌，周义清，焦岫卿，施凛荣，胡善联，李祖资

赴柬埔寨疟疾防治考察团团长周义清（左4）、第二军医大学瞿逢伊（左6）、北京药物研究所姜云珍（左2）、柬语翻译邓淑碧（左3）与柬方陪同人员合影

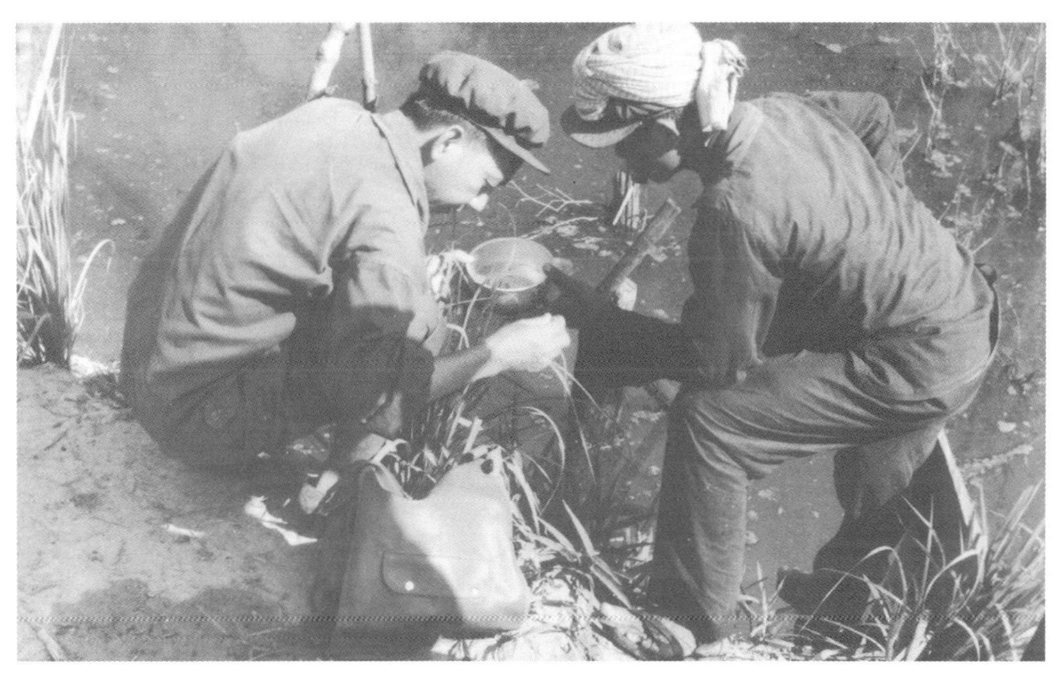

赴柬考察团专家、广东寄生虫病研究所李祖资（左）带领柬方人员调查传染媒介按蚊的孳生地

赴柬考察团专家，第二军医大学瞿逢伊教授（左）带领柬方人员调查传染媒介按蚊的孳生地

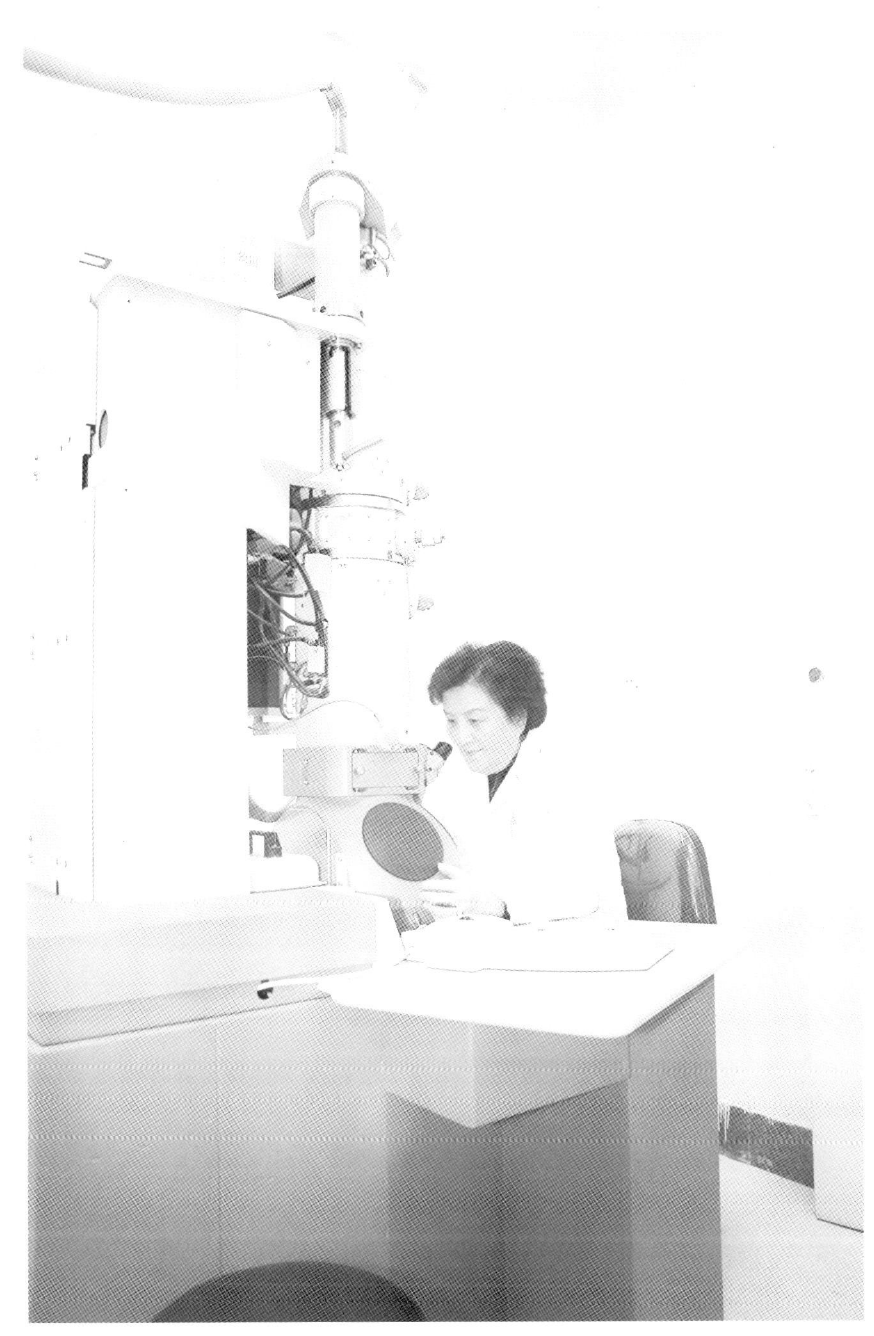

1976年，中医研究院中药所李泽琳利用电子显微镜开展青蒿素对疟原虫超微结构影响作用机理的研究

1981年10月，WHO疟疾化疗科学工作组第4次会议在北京召开青蒿素专题学术讨论会

1981年10月，国家卫生部钱信忠部长在WHO疟疾化疗科学工作组第4次会议结束时，宴请外国科学家

1981年10月，筹备和参加WHO疟疾化疗科学工作组第4次会议青蒿素专题研讨会的部分人员

前排：左起王同寅、王佩、李锐、杨启超

后排：左起周克鼎、朱海、张逵、赵一、刘旭、王昌璧

1981年10月，WHO疟疾化疗科学工作组第4次会议青蒿素专题研讨会部分会务组人员。左起：杨立新、周克鼎、刘静明、钮心懿

1983年5月，WHO应邀派Dr.Horning教授夫妇等4位专家来华，在中医研究院中药研究所举办青蒿素及其衍生物体液测定方法药代动力学培训班。E. Horning教授（左3）、MG. Horning教授（左5）夫妇等与中方技术人员曾衍霖（左2）、曾美怡（左4）、于毓文（左6）、李泽琳（左8）等合影

1986年12月，青蒿素指导委员会主任委员、卫生部科技司司长许文博率团访问南斯拉夫，与有关方面讨论青蒿素科技合作事宜

1987年，南斯拉夫科技人员来华访问中国医学科学院药物研究所宋振玉教授（右2）实验室建立的青蒿素药代动力学研究方法，赵知中所长（左3）和曾美怡教授（左1，翻译）与客人合影

1987年，由魏振兴教授（右3）主持建设的首个吨级青蒿素提取厂在原四川省酉阳县建成投产

1989年4月，WHO第二次在北京召开疟疾化疗科学工作组会议中外专家合影

1989年4月，原全国523办公室负责人与出席WHO疟疾化疗科学工作组会议的523项目科技人员合影

1989年4月，在北京召开的WHO疟疾化疗科学工作组会议上，沈家祥教授与会议主席G.B Elion博士及Brossi博士等中外代表合影

原523化学药专业组部分科研人员，左起：安静娴、钟景星、邓蓉仙、陈昌、张秀萍、李英于1989年4月在北京WHO疟疾化疗科学工作组会议上的合影

1992年11月，原国家科委社会发展科技司甘师俊司长、国家医药管理局戴副局长率团访问法国罗纳布朗克制药公司讨论与协调双方在蒿甲醚生产与科技合作中的问题

新抗疟药本芴醇的主要发明人邓蓉仙（中）和滕翕和（右）

蒿甲醚—本芴醇复方全体研制人员

香港“求是”基金会在北京向青蒿素研究人员颁发“杰出科技成就集体奖”，出席颁奖会的部分受奖单位代表合影

国家科技奖励工作办公室陈传宏主任代表中国青蒿素及其衍生物研究协作组接受泰国国王普密·阿杜德亲自颁发的2003年度玛希敦亲王医学奖奖章

2004年4月，原全国523办公室负责人张剑方和周克鼎，为写书稿到山东、上海、云南等地收集资料。在昆明与原参加523项目和研发青蒿素的部分老同志举行座谈时合影

后排左起：苏发昌、吴照生、危作民、周克鼎、张剑方、张人伟、黄衡、詹尔益、傅良书、赵天顺

前排左起：余泽琳、蔡跃三、王同寅、尹玉英（左5）、罗泽渊（左6）

2004年，李国桥（左2）在柬埔寨石居省开展快速控制疟疾试验，柬埔寨王国政府授予他莫尼沙拉潘金质骑士勋章

2005年10月，在北京召开有关专家和领导部门老同志座谈会，对《迟到的报告——五二三项目与青蒿素研发纪实》书稿讨论修改审定

前排左起：张剑方、宋书元、沈家祥、陈宁庆、张逵

后排左起：施凛荣、李国桥、周义清、杨淑愚、李泽琳、丛众、周克鼎、王存志

《迟到的报告——五二三项目与青蒿素研发纪实》编写组成员，左起：施凛荣、宋书元、张剑方、周克鼎、傅良书、王焕生

A 00011

为了表彰在科学技术现代化方面作出重大贡献的发明者，特颁发此证书，以资鼓励。

发明项目：抗疟新药——青蒿素

发 明 者：卫生部中医研究院中药研究所

山东省中医药研究所

云南省药物研究所

中国科学院生物物理所

中国科学院上海有机化学所

广州中医学院等

奖励等级：二等

奖章号码 1005

中华人民共和国

国家科学技术委员会主任 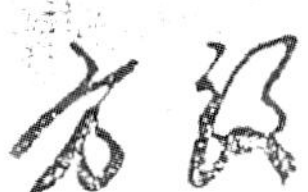

一九七九年九月

发明证书

为表彰在技术发明创造方面作出重大贡献者，特颁发国家技术发明奖证书，以资鼓励。

项目名称：抗疟新药—蒿甲醚

获奖单位：中国科学院上海药物研究所

奖励等级：三等奖

奖励时间：一九九六年十二月

证 书 号：15-3-001-01

中华人民共和国

国家科学技术委员会主任

发明证书

A 03611

为了表彰在科学技术现代化方面作出重大贡献的发明者，特颁发此证书，以资鼓励。

发明项目：抗疟新药--青蒿琥酯

发 明 者：桂林制药厂、广西医学院、广西寄生虫病研究所、广州中医学院、上海医药工业研究所、军事医科院五所、医学科学院药物所、中医研究院中药所，刘旭、杨启超、石维志、李国桥、王大林、腾翕和、宋振玉、李泽霖

奖励等级：三等

奖章号码：11979--11982，11987--11990

中华人民共和国

国家科学技术委员会主任 宋健

一九八九年十二月

前言

为了援外、战备紧急任务的需要，国家科委、中国人民解放军总后勤部于1967年5月23日在北京饭店召开了“疟疾防治药物研究工作协作会议”（此后项目代号称523任务），组织国家部委、军队直属及10个省、市、自治区和有关军区的医药科研、医疗、教学、生产等单位，针对热带地区抗药性恶性疟疾严重影响部队战斗力的问题，开展防治药物的研究。从此拉开了抗疟新药研究的序幕。

523任务是在一个特殊历史的条件下，由全国60多个科研单位、500多名科研人员组成的一个科研集体，在全国523领导小组统一组织管理下共同执行的一项特殊的使命。同志们能参加这项毛泽东主席和周恩来总理所关心的工作都感到无尚光荣。同时，援外、战备的重任，成为激励这支队伍顽强拼搏、无私奉献的强大动力。经过13年（1967~1980年）艰苦奋战，这支队伍研制出一系列行之有效的疟疾预防、治疗、急救药物，并取得其他科研成果

100余项，在圆满完成此项任务中，从祖国医药宝库中发掘出了新一代抗疟药——青蒿素及其衍生物。

青蒿素及其衍生物的发明,是世界抗疟药研究发展史上继奎宁之后的一个重大突破,是继承发扬我国医药学遗产的一项重大科研成果,是社会主义大协作的一曲凯歌,也是我国对世界抗疟灭疟的巨大贡献。

多年来，WHO（世界卫生组织）在对我国青蒿素类抗疟疾药研究报告进行论证后，从1995年起，陆续将我国研发生产的蒿甲醚、青蒿琥酯和蒿甲醚—本芴醇复方列入了WHO第9、11和12版《基本药物目录》(Essential Medicine List)，推荐给世界各国。这是对我国发明和自主研发新药的肯定。由我国自行研制的青蒿素类抗疟药进入WHO基本药物目录,在历史上还是第一次。2006年1月，WHO已宣布青蒿素类药物是全球未来遏制疟疾的希望,并明确要求任何一个国家在改变本国现有抗疟政策时,必须使用含有青蒿素类药物的复方或联合用药[1]。由我国发明的创新药物青蒿素走在世界抗疟药研究开发的前列。

美国出版的古德曼和吉尔曼主编的《治疗学的药理学基础》一书是一本国际公认的经典药理学教科书。自1941年第1版问世后，每5年再版1次，至今（2005年）已出版了11版，畅销全球。该书记载的抗疟药，40多年来都把氯喹作为首选抗疟药。而从第10版（2001年）开始，则将我国发明的青蒿素及其衍生物改列为抗疟药的首选药物。氯喹及其同类药物列为第3位[2]。2004年美国国家出版社报道：医学研究所（IOM）委员会提出关于抗疟药的经济问题，建议加速采纳以青蒿素为基础的综合疗法（ACT_S），指出这是最重要的控制疟疾的措施。青蒿素是唯一被美国FDA批准在美国上市的中国研制的药品。

2002年3月14日，美国《远东经济评论》杂志发表的一篇题为《中国革命性的医学发现：青蒿素攻克疟疾》的评论指出：当时越南战火燃烧正酣，为了支持河内，他们急欲在最短的时间内研制出能够有效控制疟疾的药物。经过全国范围内大规模的合作研究，中国医学工作者们将这项发现成功地运用到临床治疗疟疾。从那时起，一些更有效的青蒿素衍生物抗疟药在中国的研究中心里被研究成功。理查德·海恩斯（Richard Haynes）教授在该评论中认为："这项研究是整个20世纪下半叶最伟大的医学创举"，"是中国人伟大的科学发现"，"真正让他们的外国同行们刮目相看的是，中国研究人员在进行高尖端的科学实验时，使用的全都是西方国家早就弃之不用的落后仪器"[3]。人们很想知道，20世纪70年代，中国国内形势很不稳定，当时科研设施、设备落后，为什么能够在很短的时间里，研究出如此高水平的成果。

随着青蒿素类药物在国际上的声望越来越高，国内外有些学者对研究青蒿素的历史也表现了极浓厚的兴趣，纷纷向有关单位和人员约稿，或要求采访。有的已开始撰写青蒿素的发明历史，青蒿素发明史正在成为一个热门的题材。作为当年523任务和青蒿素研发的主要组织管理者，原全国523领导小组及其办公室，各地区523办公室的人员以及部分曾参加这项研究的科技人员，都深感有责任把所亲身经历的这一历史过程介绍出来，为对此感兴趣的国内外医、药学专家、传媒等有关人士，提供真实有据的参考资料。

由于523任务结束多年，青蒿素研究工作涉及的单位很多，仅为青蒿素成果鉴定会提供实验研究资料的就多达45个，其他短期参加部分工作的单位更多，本书稿无法把每个单位、每项工作的细节都详细提到，只能对研究过程主要情况作一概述。

序

本序作者陈海峰，原全国523领导小组组长单位，国家卫生部科技局原局长，青蒿素指导委员会主任委员

读了原全国523办公室张剑方主编的《迟到的报告——五二三项目与青蒿素研发纪实》(以下简称《报告》)后，仿佛又回到了30多年前——为贯彻执行国务院、中央军委和周恩来总理对援外战备工作的指示，广大523项目科技卫生人员积极响应中央号召，不畏艰难、团结协作、共同战斗的那个火红年代。523项目科技卫生人员的无私奉献精神感人至深，523工作所取得的业绩举世瞩目。《报告》中所记载的一件件往事，犹如发生在昨天，清晰可见，倍感亲切。

原全国523办公室的同志为了编写这个《报告》，收集查证了大量历史文献资料。《报告》书之有据，言之有理，为人们今后了解和研究这一段鲜为人知的历史，提供了真实而有价值的史料。

1967年5月23日，国家科学技术委员会和中国人民解放军总后勤部在北京召开了第一次“疟疾防治药物研究工作协作会议”，这次会议是由国务院批准召开的一次军民大协作战备科研工作会议。后来称之为523任务。当时，我代表国家卫生部参加了这次重要会议。

从参加这次会议开始，我就与523项目结下了不解之缘，这一干就是15个年头。也就是说，从1967年523任务开题起，到1981年经国务院批准523任务结束，直至1983年10月第一届青蒿素指导委员会换届，我参与了523任务后三次重要研究规划的制定和实施的全过程，见证了523各项任务的进程，包括青蒿素及其衍生物研究开发取得的丰硕成果。

为继续加强对青蒿素的研究与开发，在523任务结束后，紧接着又由国家卫生部、国家医药管理总局联合成立了“青蒿素及其衍生物研究开发指导委员会”(简称“青蒿素指导委员会”)。我作为第一届青蒿素指导委员会主任委员，又开始了与世界卫生组织合作开展青蒿素及其衍生物的开发研究工作。

在这虽长又短的15年间，我作为523领导小组成员之一、青蒿素指导委员会第一届主任委员、国家卫生部科技局具体主管全国卫生医药科技工作的负责人，使我终生难忘的就是有幸主持并参与523工作，和大家同呼吸，共命运，分享着在边疆部队、黎村、苗寨、傣家进行现场科学试验和防病治病中的苦与乐，经常为同志们在“技术攻关”和“大会战”中表现出的团结友爱，相互支援精神所感动。这些动人的情景，在我编写出版的《陈海峰影文集》中都可以找到它们的踪迹。

523任务虽说在20世纪80年代初已宣告结束，但在那个时期研发出来的一大批新的抗疟药（包括化学合成和青蒿素类药物），除满足当时援外战备需要外，目前正在全球“遏制疟疾”行动计划中发挥着不可替代和越来越重要的作用，成为人类社会的一大财富。

近期被世界卫生组织推荐的“青蒿素联合用药治疗疟疾（ACT_S）方案”，在国内外所采用的复方配伍中，几乎囊括了20世纪70~80年代由523项目科技卫生人员研制的新抗疟药。其中蒿甲醚－本芴醇复方（Coartem）已被世界卫生组织、无国界医生组织和全球基金指定为援助首选药物。毫不夸张地说，在全球，一个中国抗疟药的新时代已经到来。这是中国人的骄傲，也是523项目科技卫生人员的骄傲。

创新药物的研究与开发，是一个庞大而又复杂的系统工程。西方国家对我国在20世纪60～70年代期间科研设备简陋、人才匮乏的条件下,能研制出像青蒿素这样具有国际水平的科技成果百思不解。殊不知，这奇迹是全国社会主义大协作解决了当时战备任务时间要求紧、实验仪器设备条件差和科技人员短缺的矛盾而创造出来的。

国家卫生部原副部长黄树则在1981年总结523工作报告中指出：“523工作的特点是多部门、地区广、任务互相联系、工作相互衔接。由于处理好了这些关系，在大协作中真正做到了“思想上目标一致，计划上统一安排，任务上分工合作，专业上取长补短，技术上互相交流，设备上互通有无的523式全国大协作，充分发挥了部门、单位的人才和设备的优势”，在523办公室的统筹与精密协调下，以“接力棒赛”的方式保证了各项研究工作的高速度、高效率和高质量的运行。

以青蒿素研究为例，从1975年开始就集中了全国40多个重点科研单位、医药院校，组成“青蒿素研究协作组”，从青蒿资源、青蒿素药理毒理、化学结构、临床验证、药物制剂与质控标准，以及生产工艺等方面分别进行专业系统的研究，大大加快了青蒿素及其衍生物的研发速度。从发掘中药青蒿到青蒿素通过国家鉴定，只用了6年时间。从青蒿素到衍生物系列，从青蒿素类药物单药到复方，从青蒿素实验室提取到工业化规模生产，再到青蒿素类抗疟新药批量生产和投放市场，前后我们只用了15年（1972~1987年）时间。这种创新药物的研发效率和速度，在国内是罕见的，即使在医药工业发达的西方国家也是一个奇迹。青蒿素的研发经验再次表明，没有523式的全国大协作，就不可能有青蒿素抗疟药今日的辉煌。全部523工作汇成了社会主义大协作的一曲凯歌。

523工作的高速度和高效率，培养锻炼了一支“急战备之所急，想战备之所想”，只争朝夕、顽强拼搏、无私奉献，专业齐全，有较高科技水平的科技卫生队伍。

是523精神鼓舞了一批批科技人员，背负行囊，翻山越岭，顶烈日，冒酷暑，风餐露宿，走遍了祖国的山山水水，连续数年调查摸清了我国青蒿资源分布与产量，为我国在武陵山地区酉阳县定点设计和创建世界第一个工业化生产青蒿素基地提供了依据；为我国青蒿素类抗疟药物生产出口，支援世界疟疾流行区控制疟疾提供了物质条件。

在执行523任务中，始终坚持了“领导、专家与群众相结合”，“实验室、临床与现场相结合”，“军队与地方大协作”，以及“集中力量打歼灭战”的要求，并大力贯彻了“继承发扬祖国医药遗产与中西医结合”的方针。

随着社会的发展，时代的更迭，523任务虽然已成为过去，但523精神并没有过时。“神州六号”升天，今天他们讲的还是“大力协同”和“无私奉献”精神。

目前，我国进入社会主义市场经济建设新时期。523的精神和经验，仍然有着它的历史意义和现实意义。我希望通过《报告》这本书，能对我国从事创新药物研究开发的医药科技工作者们有所启示，在创新型科学技术研究中，取得更新、更多的医药科技成果，为提高我国和世界人民的健康水平，为促进我国和世界医学的发展作出新贡献！

陈海峰

目录

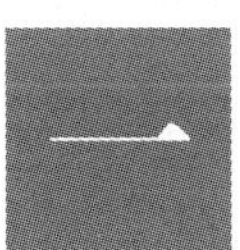

523任务及其历史贡献

20世纪60年代中期，印度支那抗美战争不断升级，应越南领导人的要求，毛泽东主席、周恩来总理指示有关部门要把解决热带地区部队遭受疟疾侵害，严重影响部队战斗力，影响军事行动的问题，作为一项紧急援外、战备重要任务立项。青蒿素就是在这一历史背景下，由军队和地方的医药卫生科研、生产、医疗、教学等单位共同组成的一支大协作科研队伍，在分工合作大力协同的组织模式下，在研制防治抗药性恶性疟疾的任务中诞生的。

为什么一项防治疟疾药的研究任务，受到如此重视并取得如此重大成绩，其中详情鲜为人知。

1. 军事行动的无形杀手

疟疾是军事行动的无形杀手。疟疾对军事行动的危害是历来军事家所关切的重要问题。随着战争中军队的频繁调动和人员大量的流动，无免疫力人群进入疟疾流行区，或疟疾病人进入非疟疾流行区，都可引发疟疾在军队和战区居民中暴发流行，从而给军事行动造成严重的后果。自古以来，中外战争史中，因疟疾流行造成军队严重减员，导致军事行动挫败的惨痛教训屡见不鲜。

我国古籍称南方的恶性疟疾为“瘴气”。在《三国演义》中，诸葛亮七擒孟获的故事，就有“五月驱兵入不毛，月明泸水瘴烟高”和“瘴气密布，触之即死”、使军事行动受阻的描述。《资治通鉴》记述：唐代天宝十三年（公元754年），侍御史剑南留侯李宓领兵七万，征伐南诏到太和城（现在的云南省大理），将士十之七八死于疟疾和饥饿，全军覆没，李宓被俘。后有白居易的惊世诗句“闻道云南有泸水，椒花落时瘴烟起。大军徒涉水如汤，未过十人二三死”为证。

在近代、现代战争中，由于疟疾在军队中流行，造成严重减员的实例更是不胜枚举。第一次世界大战期间（1914～1918年），欧洲战场交战的各国军队，由于疟疾而造成大量减员有数十万人之多。第二次世界大战时期（1942～1945年），双方军队都为疟疾所苦。尤其是在太平洋战争爆发之后，美、日两国军队在热带地区作战，都因疟疾流行造成大量减员。其中著名的是1944年，日军出兵印缅边境，在因帕尔战役尚未全面展开时，10万军队就有6万余人患疟疾，不战自溃。[4]

我军在解放大西南和驻守边防的部队也有类似疫病实例。驻云南边境部队1951年疟疾年发病率为253.55‰，后来由于采取了大规模的抗疟措施，才迅速控制了疟疾流行，巩固了国防。1960年，驻云南部队在参加某次作战行动中，发生疟疾暴发流行，不少连队失去战斗力，对执行任务造成极大影响。

1964年，美国出兵越南。越南人民开展抗美救国战争。双方都因疟疾造成很大减员。

据当年有关资料记载，美军因疟疾而造成的非战斗减员比战伤减员高出4~5倍。1965年，驻越美军的疟疾年发病率高达50%。在越南波来古到柬埔寨边境地区的一次作战行动中，疟疾发病率为20%，在不到两个月里，有的部队疟疾的感染率达到100%。据报道，1967~1970年4年间，侵越美军因疟疾减员80万人，但实际上大大超过了这个数字。美陆军司令部预防医学部主任就说过，在驻越美军中，疟疾的发病远远超过官方发表的数字。因此，美军卫生署负责人称，“疟疾是令驻越美军最感头痛的头号军事医学问题”。[4]

同样，越南北方进入南方的部队，也遭受了疟疾的严重影响。据当时的信息，在美军轰炸与严密封锁下，有的北方部队进入南方战场，经过一个多月的长途行军，一个团的兵力到达南方战场后，真正能投入战斗的只有两个连的兵力。其余指战员因感染疟疾被送往后方治疗。[4]

由于印度支那半岛地处热带，山岳纵横，丛林密布，雨水丰沛，气候炎热潮湿，蚊虫四季滋生，野栖媒介复杂，恶性疟疾终年流行，而且抗药性十分严重。当年原有的一些抗疟药，如氯喹、乙胺嘧啶、氯胍、阿的平等效果很差；以脑型疟疾为主的凶险型疟疾死亡率很高，从而加重了疟疾的防治难度。此时，是否拥有无抗药性、高效、速效的疟疾防治药物，成为决定双方战斗胜负的重要因素之一。

美军为解决这一难题，专门成立疟疾委员会，增加了疟疾研究经费，组织了几十个单位参加抗疟研究任务，派华尔特里德研究院（Walter Reed Army Institute of Research）、海军预防医学研究院等单位及军内外有关专家，到越南战场进行医学、流行病学调查，开展防治药物试验，担任预防和治疗疟疾的医学顾问。美军以华尔特里德陆军研究院为中心，联合英、法、澳大利亚等国的研究机构和欧洲的一些大药厂，投入了大量的财力和人力，开展了抗疟疾新化学药的研究，进行广泛寻找新抗疟药的大量筛选工作，要求每年提供30种药物进行临床试验。[4] 据有关资料报道，1972年美国华尔特里德陆军研究院就已初筛了21.4万种化合物。[5] 但是，他们最终并没有找到理想的新抗疟药。据后来发表的资料表明，他们研究找到的是甲氟喹（Mefloquine），但该药副作用大，而且疗效远不及我国在同期研制的防治新药，更无法与我国发明的青蒿素相比。

越南方面，为了抗击美国的侵略，解决军队受疟疾困扰的问题，迫切希望中国能帮助他们尽快解决这一难题。我国国家领导人答应了这一请求。于是，一项援越抗美、研制防治抗药性恶性疟疾防治药物的紧急任务悄然展开，组织全国性的医药科技力量，开展大协作，在另一条战线上与美军展开了比高低、比速度的较量。

2. 应急的方案先行启动

研究提供疟疾防治药物，在当时是一项刻不容缓的紧急援外、战备任务。军队系统的军事医学科学院和第二军医大学，广州、昆明和南京军区所属的军事医学研究所立即开展了研究工作。

本着紧急需要的要求，1966年由军事医学科学院微生物流行病研究所和毒理药理研究所的专家，根据有关资料分析，提出了一个应急的预防药处方。该处方由乙胺嘧啶和氨苯砜组成，7天服1次，后称为防疟1号片。经实验室的抗疟效果和毒性试验后，由微生物流行病研究所派出科研人员任德利和田辛等同志，随部队实地进行预防效果的考查，收到满意的预防效果。为了延长预防的时间，随后又用周效磺胺代替氨苯砜，预防时间从1周延长到10天～2周，被称为防疟2号片。1969年，第二军医大学和上海医药工业研究院等单位协作研制出预防时间更长的含有磷酸哌喹(前称为磷酸喹哌）的防疟3号片（每月服药一次），也通过鉴定投入了使用。这三个应急预防复方药品，初步解决了越南部队的燃眉之急，解决了近期抗药性恶性疟的预防问题。但要从根本上解决抗药性恶性疟疾的防治还需继续研制新结构类型防治药物。

3. 523任务全国大协作

何为523任务？1967年，国家正处在“文化大革命”的动乱之中，鉴于提供防治抗药性恶性疟疾药物的紧迫性和艰巨性，只靠部队的科研力量，在短期内完成这项科研任务难度很大。只有组织国内更多的科研力量，军民大协作，才可能更好地尽快完成这一紧急援外战备任务。因此由中国人民解放军总后勤部商请国家科委，会同国家卫生部、化工部、国防科委和中国科学院、医药工业总公司，组织所属的科研、医疗、教学、制药等单位，在统一计划下分工合作，共同承担此项研究任务。

针对热带抗药性恶性疟疾防治的要求，中国人民解放军军事医学科学院起草了3年研究规划草案，经过酝酿讨论和领导部门审定，国家科委和中国人民解放军总后勤部于1967年5月23日在北京召开了有关部委、军队总部直属和有关省、市、区，军区领导及所属单位参加的全国协作会议，讨论制定了三年研究规划[6]。会议情况向分管国防科研的聂荣臻副总理办公室作了报告。由于这是一项援外战备的紧急军工项目，遂以5月23日开会日期为代号，称为523任务。

按照紧急援外、战备的要求，针对热带恶性疟抗药性严重的特点，三年规划从热带地区部队行动的实际出发，提出了明确的要求，以“远近结合、中西医结合，以药为主，重在创新，统一计划，分工合作”为指针，组成了一支多部门、多地区、多学科、多专业、军民合作，科技骨干相对固定，有60多个单位五百余人参加的抗疟药研究科技队伍。研究规划要求药物研究要突出重点，解决恶性疟抗药性的问题；要中西医结合，重视从祖国医药学宝库中发掘新药的方向；防治药物要安全（毒副作用小）、三效（治疗药要高效、速效，预防药要长效）；剂型包装要五防（防潮、防霉、防热、防震、防光）、一轻（体积小、重量轻），达到二便（携带、使用方便）的要求[6]。

由于这是一项毛泽东主席、周恩来总理直接关心的紧急援外战备的特殊任务，虽然当时正值“文革”高潮，几乎所有的科研工作都处于停顿瘫痪状态，但523会议的精神和各项研究任务，仍很快传达到各有关部门和单位。各部门、各单位当即抽调技术骨干组成了各个专业研究队伍。临床研究协作组，随即分赴疟区现场，进行扩大预防药复方的效果观察；中医药协作组从查阅资料和民间调查入手，分赴广东海南岛、云南边疆和江浙等疟疾流行地区，深入民间访问，调查搜集当地治疗疟疾的秘方、验方，采集中草药样品，有的就地进行试用观察；化学合成药协作组也立即组织科技力量与药厂结合，开展合成、筛选新药的研究。

4. 科学的组织管理模式

为了落实523任务规划，加强领导，组成了全国疟疾防治药物研究领导小组（即全国523领导小组），由国家科委、国防科工委、中国人民解放军总后勤部、国家卫生部、国家化工部、中国科学院等6个部门组成。国家科委、中国人民解放军总后勤部为正副组长单位。领导小组办事机构（即全国523办公室）设在军事医学科学院，先后由中国人民解放军军事医学科学院副院长彭方复少将和祁开仁少将分管领导，由白冰秋同志任办公室主任，张剑方同志任副主任。全国523办公室在领导小组领导下，负责研究规划计划的落实和地区间、单位间、专业之间分工合作的组织协调工作。

全国523领导小组（各部委）对523任务都高度重视，由主要领导分管。卫生部军管会谢华副主任、钱信忠部长、黄树则副部长、陈海峰局长，化工部的陶涛副部长、陈自新局长，国家科委武衡副主任、田野局长，中国人民解放军总后勤部的张令彬、张汝光副部长等都先后分管523任务。各领导部门指定工作人员负责与523办公室联系，负责本部门所属单位任务的落实，及时解决部门间协作的问题。各领导部门先后指派的代表主要有姚树椿、董从引（卫生部），刘润、佘德一、杨淑愚（化工部），诸淑琴、王梦之、张冰如、丛众、翁延年（国家科委、中国科学院），张逢春（国家医药工业总公司），刘寅生、刘计晨（中国人民解放军总后勤部）等同志都给予办公室很大的支持和帮助。

各部委所属，各省、市、区所属，军队所属单位，以驻地的北京、上海、广州（含海南）、南京、昆明和四川、广西等地区成立了地区523领导小组和办事机构。各地区523领导小组由有关省、市、区和军区的有关领导分别任正副组长；由省、市、区和军队抽调人员组成地区523办公室，负责地区研究任务的落实、各承担任务单位间的组织协调和上下间日常工作的联系。

根据专业划分、按专业任务成立了化学合成药、中医中药、驱避剂、现场防治4个专业协作组，后来又陆续组成中医针灸、凶险型疟疾救治、疟疾免疫、灭蚊药械等专项研究的专业协作组。各专业协作组负责落实专业协作计划、进行学术技术交流，协同办公室成为523领导小组的业务参谋和助手。

当时正在“文革”动乱的形势下，由于523任务有强有力的领导，严密协作的组织，各部门、各地区，单位和专业之间，军队和地方之间大家团结一心，密切合作，不分彼此，设备互通有无，技术不搞封锁，一方有困难，各方来相助，保证了523任务的顺利完成。

5. 大协作大丰收的成果

据统计，从1967～1980年，承担523任务的各单位，研究完成了以青蒿素为突出代表的、具有国内外先进水平的科研成果89项[7]。其中，荣获全国科学大会奖15项，获国家部委、省市科学成果奖12项。在完成药物临床研究中，为农村治疗、抢救疟疾病人和其他病人数十万例。从20世纪60年代末到70年代，防疟1号片、防疟2号片和防疟3号片大量援外，上海第二、第十一、第十四制药厂在研制加工试验样品和生产援外疟疾防治药品中，发挥了重要的作用，全力保证了援外任务的完成，生产援外抗疟药达百余吨；云南省药物所、昆明制药厂、广西芳香厂、海南制药厂、四川省中药所和重庆制药八厂等单位，为部队战备生产提供了数百公斤青蒿素。20世纪80年代以来，以523任务的研究成果为基础，各单位申报国家发明奖、国家科技进步奖、新药证书和生产批件有20多项。523任务所产生的科研成果在援外的同时，也为我国疟疾的防治工作和经济建设作了重要贡献。

在实施523任务10多年的研究过程中，化学合成药在预防药、治疗药、根治药、急救药等方面做了大量的工作。各研究单位共设计合成了1万多个化合物，广筛了4万多个化学样品，初筛有效的1000余个，其中有38个经过了临床前药理毒理的研究，有29个经批准进行了临床试验，有14个药物通过了专业鉴定并推广使用。它们是：防疟片1号片、防疟片2号片、防疟片3号片、哌喹（原称喹哌）片、磷酸咯萘啶、磷酸咯啶、注射用磷酸咯啶、治疟宁、羟基哌喹、常咯啉、脑疟佳、硝喹、磷酸羟基哌喹，以及包衣材料二乙胺基醋酸纤维素[7]。其中由523任务主要研究单位之一的上海寄生虫病研究所合成研制的新抗疟药磷酸咯萘啶与青蒿琥酯组成的复方，近期由韩国Shin Pong制药企业将其进行开发，获得了由比尔·盖茨资助的全球疟疾风险基金（MMV）的开发资助。

由523任务研究基础延续下来，后来又陆续完成的创新技术成果获得国家发明奖、科技进步奖的事例不是个别的，如本芴醇获得国家发明一等奖，磷酸萘酚喹获得国家发明二等奖，蒿甲醚、青蒿琥酯获得国家发明三等奖。青蒿素的推广应用成果获得国家科技进步二等奖。其他获得部级和各省市区的成果奖和科技进步奖的，更不在少数。

为解决疟疾传染媒介的防制问题，驱蚊、灭蚊专业协作组完成的驱蚊和灭蚊药、械，经鉴定的有：从植物柠檬桉和植物广西黄皮提取的对－蓋烷二醇类和化学防蚊药癸酸、乙酰氧基别二氢葛缕酮，二聚合剂防蚊网等各种杀灭蚊虫的药物、器材，以及各种类型超低容量喷雾器。这些成果解决了我国南、北方部队在野外的防蚊问题。有些成为后来市场生产销售的防蚊药水、灭蚊药械等商品。车载超低容量喷雾器安置于飞机，用于唐山大地震震后消毒、灭害，对预防疫病流行发挥了重要作用。当年523任务研制的灭蚊药械产品，尤其是超低容量喷雾装置（器具）和杀虫药，现已广泛应用于农、林业和卫生防疫及灭除虫害等方面，产生了重大的社会效益和经济效益。

523项目中，凶险型疟疾救治的研究、对脑型疟疾的临床救治，达到世界先进水平。至1980年共收治275例，治愈率达到93%。而同期国外的脑型疟病死率高达20%～30%。对恶性疟原虫的发育规律与临床症状的关系，以及在诊断脑型疟疾中以皮内血片法代替骨髓涂片的诊断方法，也取得了重要成果，被收入WHO专家编著的《疟疾学》和英国牛津大学的医学教科书。

疟疾免疫、传染媒介的研究也有重要进展。为开展疟疾防治药物的研究，在当时我国被国外封锁的情况下，自力更生建立了与实验研究相配套的实验动物模型和一系列的技术方法。

在开展中医中药防治疟疾的研究中，采集普筛了大量的中药方剂和中草药样品，发现一批有较好抗疟效果的苗头，有几种已分离了单体，测定了化学结构。其中最突出的代表是，研究成功了举世公认的新药——青蒿素。

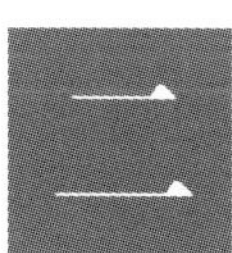

523任务研制出青蒿素

1. 发掘中医药开辟新道路

523任务实施伊始，寻找无抗药性防治恶性疟疾药物的研究便从两个方面着手，一方面是合成新化合物和广泛筛选化学物质，寻找化学抗疟药；另一个方面是集中较多的人力，从发掘祖国医药学宝库入手，争取从中医药领域有新的发现和突破。

中医中药专业组的工作，首先是开展民间祖传秘方、验方的调查，北京、广东、广西、四川、云南、江苏等地区组织多个科研小分队，一方面深入民间调查、就地采集中草药，经实验室粗提、药效筛选及安全性实验，进而在临床进行试用观察。采取分头探索、集中攻关的方法，一旦在探索中发现苗头，便集中力量，分工协作，进行深入提高，从而加快了研究工作的进展。同时查阅整理医著古籍及现代医药资料，按照资料出现的频次，确定中药常山和青蒿等10个重点中药为研究对象。初期把已知的抗疟效果好但呕吐副作用大的常山和其有效成分常山乙碱的化学结构改造作为研究重点，分别在北京、上海、四川等地区同时开展。

北京地区由中国医学科学院药物研究所（以下简称北京药物所）、中国人民解放军军事医学科学院（以下简称军事医学科学院）和北京制药厂（原为北京医药工业研究所，“文革”期间和北京制药厂合并）协作，以北京制药厂为基地，由军事医学科学院邓蓉仙和北京药物所姜云珍等研究人员负责，先人工合成常山乙碱，随后又对其进行化学结构改造，合成了一系列衍生物，从中选出一个效价高、代号为7002的化合物，由北京药物所完成药理毒性研究后，于1970～1973年在海南现场进行临床试用。结果证明有较好的治疗效果，毒性副作用比常山乙碱小，经组成复方效果提高。但呕吐的发生率仍较高。由于当时又发现了其他有较好抗疟效果的中草药苗头，从而中止了对7002研究。

中国科学院上海药物研究所（以下简称上海药物所）围绕常山乙碱的化学结构，也设计合成了一系列的衍生物，从中选出代号为56号的化合物，经过临床前的实验研究后，进行了临床疗效的观察，也具有较好的治疗效果。但由于其效果尚不及同期研究的其他新药，所以也没有再进一步扩大应用。

四川中药研究所（简称四川中药所）承担了常山和常山乙碱的多项研究任务，并为协作单位提供了大量研究用的常山乙碱。四川医学院、成都中医学院等单位结合临床，对克服常山和常山乙碱呕吐的副作用进行了研究。

尽管对中药常山和常山乙碱进行化学结构的改造研究，最终没有找到更理想的新抗疟药，但显示了我国药物化学研究人员已有较高的学术技术水平；而且由它的结构改造物诞生了两个其他用途的新药，一个是有机磷农药神经性中毒的解毒药；另一个成为抗心律失常的新药。

北京地区中医中药协作组，按照523任务3年研究规划的要求，在1967～1969年，由北京药物所、军事医学科学院等单位科技人员与云南、广东、江苏等地区的科技人员，共同组成几个民间调查组，在以上地区对治疟中草药进行调查、就地粗提、进行药效实验和临床初步观察。其中，从广东调查并通过实验室和临床试用研究中，发现了植物鹰爪是一个有较强抗疟作用新的苗头药。

1969年，北京药物所与广东地区的中山医学院、中山大学、中国科学院华南植物研究所协作，开展植物鹰爪抗疟效果的研究。主要负责人有北京药物所的于德泉（现为中国工程院院士）。植物鹰爪的抗疟效果好，一直是当时中草药专业组的研究重点之一，其有效成分经测定定名为鹰爪甲素，其抗疟作用很强。北京药物所和中山大学化学系合作，测定出它的化学平面结构为一不含氮脂溶性的过氧化物，是一个新类型的化合物。但该药资源极少，植物中有效成分含量很低，难以大量提取推广使用。中山大学化学系在1974～1977年对鹰爪甲素开展了合成类似物或简化物的研究。鹰爪化学结构中过氧基团的存在，对后来青蒿素化学结构的测定有很大的启发。

中医中药专业组经过几年的筛选研究，形成了鹰爪、仙鹤草、青蒿、陵水暗罗等10余种有希望的抗疟中草药，并从4种中草药中分离出多种有效单体。其中，从青蒿（黄花蒿）中提取分离出的青蒿素成为举世瞩目的重大发明。

2. 青蒿治疟疾民间有基础

我国劳动人民和医药学家有着长期与疟疾作斗争的历史经验。我国古代殷墟甲骨文已有“蒿”、“疟疾”的记载；在距今已有2000多年历史的湖南马王堆汉墓出土的帛书《五十二病方》中，已有使用青蒿治病的记录；在公元2～3年成书的《神农本草经》中，以草蒿为青蒿之别名。用青蒿治疗疟疾的确切记载最早见于公元340年东晋年间医药学家、炼丹化学家葛洪（公元284～364年）所著的《肘后备急方》，至今已有1600多年的历史。[8]明代医药学家李时珍《本草纲目》和其他历代医书，也都有用青蒿或青蒿复方治疗疟疾的记载。在一些疟疾流行地区，近代仍有不少防治疟疾和驱杀蚊虫的中草药在使用。上个世纪五六十年代江苏、湖南、广西、四川等地的医药刊物也有不少临床使用青蒿治疗疟疾的报道。民间有用青蒿捣汁、水煎、研末等方法治疗疟疾的经验。在1967年523会议制定的从中医中药寻找新抗疟药研究规划中，根据文献的记载列出10余种治疗疟疾的重点中药，青蒿就是其中的一个。[6]

青蒿，民间又称臭蒿和苦蒿，系菊科一年生草本植物，在我国南北方普遍生长。传统中药青蒿有两个主要品种来源，即学名为*Artemisia Annua* L. 的植物黄花蒿和学名为*Artemisia Apiacea Hance*的植物青蒿。经研究证明，有抗疟成分的是植物黄花蒿及其变型植物大头黄花蒿。

南京地区523中草药研究小分队在民间调查中了解到，在1969年，江苏省高邮县农村医生和群众，利用当地青蒿开展疟疾群防群治，取得良好的效果。“得了疟疾不用焦，服用红糖加青蒿”的民谣在当地农村广为流传。

江苏省高邮县早在1958年就有群众用青蒿治疗疟疾。该县龙奔公社焦山大队原来疟疾发病率较高，1969年用青蒿大搞群防群治，迅速改变了面貌。他们在用青蒿群防群治疟疾的同时，1969～1972年用青蒿治疗观察184个疟疾病人，有效率在80%以上。车逻公社和合大队1972年夏季用青蒿汆汤搞全民服药，有效地控制了疟疾的流行。[9]

1972年，该县建立了由卫生局、防疫站、车逻地段医院组成的青蒿防治疟疾验证组，把专业队伍和群众性防治紧密结合起来，在5个实验区建立了有卫生院负责人，中、西医医生和乡村医生共101人组成的8个临床观察小组，举办乡村医生、临床医生、化验人员专题培训班。他们在全县开展疾病的群防群治的活动中，试用青蒿鲜汁、汆剂、煎剂、丸剂、片剂等不同剂型。从青蒿鲜、干品对比，枝叶嫩、粗对比，煎药时间长、短对比，用药量大、小对比中，摸索青蒿治疗疟疾疗效的规律，同时又改进了服药的时间、次数，在总结几年来使用6种制剂疗效的基础上，从中选出了一种具有退热快、疟原虫转阴时间快、治愈率高、复发率低等优点的浸膏片。[9]

1976年6～10月，高邮县5个实验区的26个观察点，服用青蒿预防疟疾共24万多人次，发病率比1975年同期下降50%；用青蒿治疗现症间日疟病人201例，有效率达89%。[9] 在此期间，国家卫生部要求属下中医研究院两次去高邮县访问调查，肯定了青蒿治疗疟疾的疗效，为青蒿和青蒿素的发掘提高提供了重要的资料。

3. 北京中药所研究出苗头

1969年，国家卫生部中医研究院中药研究所（简称北京中药所)参加了北京地区中草药专业协作组。当年他们先制备的是胡椒提取物(胡椒酮),由军事医学科学院协助进行药理实验后,由523办公室联系,并派人请北京海淀青龙桥中药厂协助加工剂型,到海南岛进行临床试验,后因效果不理想而中止。

1970年,北京地区523领导小组讨论决定,由军事医学科学院和北京中药所合作,派研究人员顾国明和该所的余亚纲、屠呦呦等人一起,大量查阅和收集了古今医药书刊资料,从中挑选了出现频率较高的抗疟中草药或方剂,经实验室水煎、醇提,送军事医学科学院鼠疟筛选了近百个药(方),其中青蒿提取物有一定的抗疟作用,曾出现过对鼠疟原虫有60%~80%的抑制率,但不稳定[10]。1971年以后,顾国明因其他任务回原单位[11],由军事医学科学院微生物流行病研究所派研究人员宁殿玺到北京中药所帮助建立了鼠疟动物实验模型。此后,青蒿的研究由北京中药所继续进行。

1971年下半年,北京中药所研究人员从东晋葛洪《肘后备急方·治寒热诸疟方》中记述的“青蒿一握,以水二升渍,绞取汁,尽服之”的记载中受到了启发,认为温度高有可能对青蒿有效成分造成破坏而影响疗效,便由用乙醇提取改为用沸点比乙醇低的乙醚提取。其结果,乙醚提取物可使鼠疟原虫近期的抑制率明显提高,达到近100%。

1972年3月,全国523办公室在南京召开化学合成药和中草药两个专业组会议。在中草药专业组会议上,北京中药所的代表屠呦呦,报告了青蒿对鼠疟原虫近期抑制率可达100%的实验结果。中草药专业组各单位报告了有较好抗疟效果的中草药如鹰爪、仙鹤草、陵水暗罗等十余种,有的对鼠疟抑制率也有80%~90%。青蒿粗提物的效果受到523办公室和专业组的重视。会议要求北京中药所抓紧时间,对青蒿的提取方法、药效、安全性做进一步实验研究，在肯定临床疗效的同时，加快开展有效成分或单体的分离提取工作。[12]

在523办公室的支持和协调下，北京中药所经进一步实验，将青蒿的乙醚提取的中性部位，编为91号。在经过动物毒性试验和少数健康志愿者试服，未发现明显毒副作用后，于1972年8～10月到海南岛昌江地区进行临床试验。同时经全国523办公室协调安排，又与解放军302医院合作，在北京也进行临床疗效观察。经过共30例临床试用，取得了比较满意的结果。现将当年临床试用结果的资料节录如下：

"1972年8～10月采用乙醚提取中性部分在昌江地区（海南）对当地外来人口间日疟11例、恶性疟9例、混合感染1例及北京302医院验证间日疟9例，共30例进行了临床观察。三种剂量均有效，其中大剂量组（每日4次，每次3克，共36克）疗效更明显。对间日疟平均退热时间为19小时6分，对外来人口恶性疟平均退热时间35小时59分，但短期内有原虫复现（编者注：原"临床验证小结"的原始资料为恶性疟9例，7例有效，2例无效[13]）。由于药物体积较大，无法再加大剂量进行观察，但发现大剂量组原虫复现较小剂量组有所减少。临床观察药物对胃肠道、肝、肾功能等未见明显副作用，个别病人出现呕吐、腹泻现象，302医院2例转氨酶偏高病人服药后转氨酶继续增高，但1～2周左右恢复正常。"[14]

1971～1972年，北京中药所的青蒿研究工作的进展，对以后青蒿的深入研究和青蒿素发明有着重要的意义。北京中药所1971年下半年的青蒿乙醚提取物对鼠疟原虫近期抑制率达近100%的结果和1972年用青蒿乙醚提取物中性部分临床试用的良好结果，在实验室和临床上进一步肯定了中药青蒿的抗疟效果，使青蒿研究迈出了重要的一步，对以后的青蒿素研究有重要启示。

青蒿的粗提物在海南、北京两地临床试用取得满意结果，为发掘抗疟中药的工作带来了希望。1972年，在粗提物临床观察的同时，根据523办公室要求，北京中药所开展了青蒿抗疟有效单体的分离研究。据称，当年年底，他们就分离提取出了多个单体成分，其中1个有抗疟效果的提取物定名为“青蒿素II”。

北京中药所按照全国523办公室制定的1973年研究计划的要求，为了将分离得到的“青蒿素II”，尽快拿到现场进行临床试用观察，开展了临床前动物毒性试验，发现“青蒿素II”对实验动物的心脏有明显的毒性。因此，围绕着“青蒿素II”能否进行临床试用产生了分歧。药理室景厚德教授等认为，“青蒿素II”出现了心脏毒性，不应马上上临床。另外有人认为，可先由科研人员试服，若无明显毒性，即可上临床进行试用观察。为此，北京中药所领导和专家进行了多次研究；全国523办公室的领导听取了该所的汇报后，希望他们认真对待。后经该所的3名科技人员试服，未发现明显问题后，北京中药所领导同意“青蒿素Ⅱ”进行临床试验。

1973年9～10月，由中医研究院针灸研究所李传杰大夫为组长的临床试验组，再次到海南岛昌江地区进行临床试验。全国523办公室工作人员施凛荣和上海523办公室王连柱副主任到海南了解现场工作，也到昌江石碌了解“青蒿素II”的试用情况。

据事后了解，该组在海南岛昌江县收治外来人口间日疟和恶性疟病人8例，由于效果不好，又出现了较明显心脏毒副作用，带去可治疗14个病例的“青蒿素II”只试用了8例，便中止了临床观察。此次临床试验结果已编载入北京中药所编印的资料中，全文转录如下：

“1973年9～10月在海南岛昌江地区对外来人口间日疟及恶性疟共8例，用青蒿素（编者注：即青蒿素II）进行了临床观察，其中外来人口间日疟3例。胶囊总剂量3～3.5克，平均退热时间30

小时，复查3周，2例治愈，1例有效（13天原虫再现）。外来人口恶性疟5例，1例有效（原虫7万以上/mm^3，片剂用药量4.5克，37小时退热，65小时原虫转阴，第6天后原虫再现）；2例因心脏出现期前收缩而停药（其中1例首次发病，原虫3万以上/mm^3，服药3克后32小时退热，停药1天后原虫再现，体温升高），2例无效。”[15]

“青蒿素II”在昌江临床试用的结果，过去和现在都为人们关注、经常思考和分析的问题，不论其疗效还是毒副反应，都与后来山东、云南提取的黄蒿素（注：1978年全国青蒿素鉴定会议前，各地有各自命名，山东称之为黄花蒿素，云南均称之为黄蒿素，北京称之为青蒿素）有很大的不同。

1973～1974年，北京中药所“青蒿素II”的研究遇到困难，进展缓慢。但“东方不亮西方亮”，从山东省和云南省的523单位却传来了令人鼓舞的信息，坚定了全国523办公室继续抓紧青蒿项目的信心。

4. 黄花蒿托起璀璨的明珠

参加南京523中草药专业会议的山东省寄生虫病研究所代表回山东后，借鉴北京中药所的经验，采用本省黄花蒿的提取物进行鼠疟试验，于1972年10月21日向全国523办公室作了书面报告。山东寄生虫病研究所的实验结果中指出：黄花蒿的提取物抗鼠疟的结果与中医研究院青蒿提取物的实验报告一致。[16] 1973年，该所与山东省中医药研究所协作，用乙醚提取的黄花蒿的粗制剂“黄1号”，在巨野县进行了30例间日疟现症病人临床试用观察。结果显示，“黄1号”6个胶囊（每个胶囊折合生药17.1克）3日疗法，对间日疟原虫具有较强的杀灭效果，控制临床症状作用迅速。效果超过氯喹的3日疗法，未见有明显的副作用。1973年9月27日，《“黄

1号”治疗间日疟现症病人疗效初步观察》一文的“讨论与小结”部分是这样写的：

“（1）经少数病例试用，初步可以看出，‘黄1号’对间日疟原虫具有较强大的杀灭效能，作用迅速。特别是6丸三日疗法组，对原虫杀灭甚至超过现用氯喹三日疗法的速度。

（2）‘黄1号’对控制症状亦有较好效果。三组30例患者服药后症状迅速控制，至多再发作一次。再发作者多在服药后数小时提前发生，似与药物杀灭疟原虫引起的‘药杀热’有明显关系。

（3）应用的3种服药方案，以6丸三日疗法作用迅速完全，6丸一次疗法和4丸一日两次疗法均有部分病例原虫不能彻底杀灭，有复燃现象。从部分病例原虫一度抑制，但由于药物没能继续，又有新生原虫出现，似说明本品属于速效药品，持效作用较短。

（4）本品副作用不大，6丸三日疗法有部分病例出现腹泻、呕吐等情况，但多在服药过程中，未经其他处理自行消失。6丸一次疗法及4丸一日两次疗法仅少数病例出现轻微胃肠症状。”[17]

1973年11月，山东省中医药研究所从山东省当地的黄花蒿提取出有效单体，命名为“黄花蒿素”，初步测定其熔点为149℃～151℃。他们及时将研究工作的进展，向全国523办公室报送了材料。

山东省实验室和临床试验可喜的新情况，引起了全国523办公室的高度重视。当时正是北京中药所青蒿素Ⅱ研究工作受挫折的时候，为了详细了解山东省中医药研究所黄花蒿素研究工作的具体情况，交流经验，推动青蒿的研究，全国523办公室决定去山东省实地考察，并邀请北京中药所派人一同前往。

1973年11月，全国523办公室工作人员施凛荣与北京中药所研究人员蒙光容前往山东，蒙光容与山东省中医药研究所研究人员魏振兴互相交流情况。特别是对青蒿素的心脏毒性和提取工艺的温度问题进行了讨论。魏振兴介绍了他们的提取方法及药理实验研究的情况。他们提取的黄花蒿单体未出现心脏毒性，提取工艺也不存在提取温度超过60℃，有效成分就会被破坏的现象。山东之行，对双方的研究工作起了互相交流、互相促进的作用。

1972年底，昆明地区523办公室傅良书主任，到北京参加每年一度的各地区523办公室负责人会议，得知北京中药所青蒿研究的一些情况。据傅良书主任回忆，会后参观了北京中药所，当时所看到的是一种黑色的浸膏。会后回到昆明，他向云南省药物研究所（以下简称云南省药物所）523小组传达了这一信息，并建议他们利用当地植物资源丰富的有利条件，对蒿属植物进行广泛筛选。

1973年初，该所的研究人员罗泽渊到云南大学，在校园内发现生长很多苦蒿，便特意采集了一些带回研究所。在实验室用石油醚、乙醚、醋酸乙酯、甲醇4种有机溶剂提取实验，于同年4月用乙醚提取分离直接得到有效单体。由于当时植物尚未鉴定，根据民间植物的称谓，有效单体暂定名为“苦蒿结晶III”（后称“黄蒿素”），单体经药理研究室研究人员黄衡进行鼠疟抑制试验，发现疟原虫快速地消失了。1973年10月，他们已完成了黄蒿素的药理和毒性的初步研究，经大、小动物的毒性试验，均未发现对动物的心、肝、肾脏有明显的损害。[18]

这些苦蒿究竟是何种、何属？他们拿着样品，找到中国科学院昆明植物研究所植物学家吴征镒教授。经鉴定，这种苦蒿学名为黄花蒿大头变型（*Artemisia annua* L. f. macrocephala Pamp.），简称“大头黄花蒿”。

1973年4月，云南省药物所用当地的大头黄花蒿提到了结晶之后，由于当地资源少，又从重庆市购来了一批黄花蒿。他们发现其中黄蒿素的含量（0.2%）比云南的大头黄花蒿的含量（0.02%）高出了10倍。经进一步了解，该批黄花蒿原料来源于四川省酉阳地区，又多次派人到酉阳购买黄花蒿原料，也都表明酉阳产的黄花蒿的黄蒿素含量（0.3%）较高。[19]在尚未开展青蒿资源普查之前，他们初步确证了酉阳地区为优质黄花蒿的产地，为后来青蒿素研究工作，提供了优质黄花蒿药源。他们的发现也是后来确定酉阳作为青蒿的种植基地和青蒿素的生产基地的依据之一。

1973年秋，全国523办公室负责人周克鼎，与北京中药所研究人员张衍箴一同到云南省药物所，了解大头黄花蒿素研究工作进展情况，学习他们先进的提取方法。云南省药物所人员毫无保留地介绍了黄花蒿的研究情况。回北京时，又从该所带回了一些黄蒿素给北京中药所作为"对照品"。体现了互相学习，互相支援，"一方有困难，八方来支援"的大协作精神。

云南省药物所对青蒿素的研究，不仅从本地大头黄花蒿中，一步直接就提取到了黄蒿素，并发现优质黄花蒿的产地，而且在初期毫无保留地为兄弟单位提供黄蒿素结晶，表现出助人为乐大协作的高尚风格。

云南省药物所的研究人员在早期对黄蒿素提取工艺的研究也有创新。该所研究人员詹尔益、罗泽渊用多种低沸点的溶剂，对黄蒿素的提取方法进行研究，从用苯冷浸液浓缩后，放置析出少量针状粗晶（经鉴定主要为黄蒿素，仅表面附着少量叶绿素）受到启发，于1974年初在实验室选用了溶剂汽油冷浸、浓缩后，也得到了黄蒿素的结晶，随后又再用50%浓度的乙醇重结晶，即可得到黄蒿素的纯品。这一提取方法定名为"溶剂汽油法"。他们用这一方法，为进行动物药理毒性试验和临床试验研究，提供了足量的黄蒿素，极大地加速了研究工作的进展。

云南省药物所的科技人员在青蒿素的提取研究中跨过了先分离粗提物的阶段，一步到位拿到了黄花蒿结晶，并给人们传来了“大头黄花蒿素”具有强大抗疟作用令人振奋的喜讯。从时间上说云南省药物所成功提取黄蒿素（1973年4月）要比山东省中医药研究所（1973年11月）早，从对黄蒿素临床试验的时间上，则比山东晚。在北京中药所青蒿素II的研究工作受到挫折的时候，山东、云南两地各自对黄（花）蒿素进行了成功的研究，其结果让人们开阔了视野，看到了希望，全国523办公室更坚定了抓住重点，加强力量，把这项研究迅速推进的决心！

5. 组织小会战三方聚北京

全国523办公室于1974年1月10日召开各地区523办公室负责人座谈会。根据1973年北京、山东、云南三地青蒿研究工作的进展情况，就1974年抗疟中草药的研究任务，专门对青蒿的研究作出决定，认为有必要召集有关参研单位，在一起交流各自所做过的工作情况，总结经验，制定统一研究计划，进行分工合作，以加快推进青蒿的研究。[20]

1974年2月28日，“青蒿素的研究专题座谈会”在北京中药所举行。北京中药所，山东省中医药研究所、寄生虫病研究所和云南省药物所都派科技人员参加。北京中药所所长刘静明、山东省中医药研究所研究人员魏振兴、云南药物所研究室负责人梁钜忠和山东省寄生虫病研究所唐科长等出席。全国523办公室负责人组织参加了会议，并为此次会议发了简报。

会议在交流各单位的青蒿/黄花蒿研究工作情况的基础上，着重讨论了1974年的研究任务和分工。现将会议纪要主要内容摘录于下：

“（1）有效成分的结构鉴定，1973年各单位先后都提到有效结晶，初步认为可能是同一个物质，建议由北京中医研究院中药研究所继续与上海有关单位协作，尽快搞清化学结构。

（2）青蒿有效结晶提取工艺的改进、药用部分、采收季节和资源调查等由三个单位结合本地区情况进行研究。

（3）临床前药理工作，由云南药物研究所继续进行有效结晶临床前的有关药理研究，北京中医研究院中药研究所继续搞清有效结晶对心脏的影响。

（4）临床验证，今年10月前完成150～200人青蒿有效结晶的临床疗效观察（其中恶性疟50例，间日疟100～150例）。临床验证由山东寄虫病研究所和云南疟疾防治研究所负责，中医研究院等有关单位派科研人员参加。

要抓紧临床药品的落实。由山东省中医药研究所提取150人份，云南药物研究所提取30人份，中医研究院提取50人份有效结晶。

（5）青蒿简易制剂的研究（略）。”[21]

按照会前的通知，山东省中医药研究所和云南省药物所都带来了各自提取的黄（花）蒿素交给了北京中药所[22]。1973年，北京中药所和上海中国科学院有机化学研究所协商，进行青蒿素化学结构测定的研究，经全国523办公室协调，由山东省中医药研究所提供了10多克黄花蒿素。[23]

北京召开三地青蒿专题研究座谈会后，山东省中医药研究所、云南省药物所按会议分工要求，当年都提取了黄（花）蒿素，分别在山东巨野和云南省云县进行临床试用观察。北京中药所1974年未能按任务分工提取提供青蒿素结晶。

山东由省中医药研究所、寄生虫病研究所和青岛医学院共同组成了中药化学、药理、剂型、分析、临床等专业的黄花蒿素协作组，由中医药研究所负责人朱海和寄生虫病研究所的研究人员李桂平负责，于1974年5月在巨野县治疗观察间日疟26例（其中7例为粗制剂），用药总量0.6～1.2克，3日疗法。原虫转阴时间平均72小时，服药后48小时血内原虫大多数查不到。临床症状在第1次服药后即可控制。心音、心律等未见毒性反应。但复燃、复发率高，随访2个月，原虫和症状4/5复现。现将山东黄花蒿素研究协作组当年的《黄花蒿素及黄花蒿丙酮提取简易剂型治疗间日疟现症病人初步观察》的小结节录如下：

"（1）1974年5月上、中旬和1974年10月上、中旬，在巨野县城关公社朱庄大队试用黄花蒿素和黄花蒿简易提取剂型治疗间日疟现症病人4组共26例。对症状控制情况4组中除简易剂型组有1例出现再发作2次，其余均得到即时控制或再发作一次即行控制。再发作者多数于服药后2～10小时内发生，比原预计发作时间明显提前，根据原虫变化情况，似主要为药物大量杀死原虫后出现的'药杀热'所致。

（2）各组服药后血内原虫均迅速转阴，除黄花蒿素低剂量组1例96小时转阴外，其余均于72小时内转阴。服药后24小时原虫形态密度即出现明显变化，原虫多停滞于大滋养体期，核与原浆变模糊，在原浆内散布多数黑色粗大颗粒，原虫密度显著减少，并部分转阴。至48小时则血内原虫绝大多数不能查到，或只留少数形态明显变化了的残骸，个别病例消失时间持续至96小时。

（3）4组26例病人服药后均未出现任何不适等副作用，比较服药前后心音心律等均未出现任何变化，2名孕妇患者服药后亦未出现不适。

（4）黄花蒿素各组，随访观察2个月。单用黄花蒿素无论以0.2

克 × 3 天或 0.4 克 × 3 天，原虫及症状复燃均达 4/5。且复燃出现较早，一些病例于 15 天内即出现复燃。黄花蒿素 0.4 克加防疟 2 号片 2 片顿服组，2 个月内复燃 4/9，显示比单用黄花蒿素复燃较少，且时间较迟。均于近一个月及一月以上始出现复燃。丙酮提取简易剂型组 15 天内亦有 2/7 复燃，效果与黄花蒿素大体相似。

（5）从本次试验进一步说明，黄花蒿素为较好的速效抗疟药物。服用后可使症状迅速控制，原虫大量杀死，且未见任何明显副作用，特别用其做急救药品似有一定价值。但其作用不够彻底，停药后短期内即有复燃发生，且比数较高。单用黄花蒿素每次 0.2 克与 0.4 克 × 3 天两组，除显示 0.4 克组即时疗效稍速外，复燃情况并无差异。为有效控制复燃，似单独提高黄花蒿素用量不易达到，应考虑与其他抗疟药配伍问题。本次黄花蒿素 0.4 克加防疟 2 号片 2 片顿服除保持了相应的即时疗效外，复燃并得到一定程度的减少。与伯喹配伍疗效情况需做观察。丙酮提取的简易剂型保持了黄花蒿素的疗效，本次实际应用亦应考虑与其他抗疟药配伍问题。”[24]

以上结果表明，山东省中医药研究所提取的黄花蒿素，对北方间日疟临床近期有良好的疗效。但由于山东地区无恶性疟疾，对恶性疟尤其是抗药性的恶性疟的疗效尚不确定。

1974 年 9 ~ 10 月，云南临床协作组带着云南省药物所提取的黄蒿素，到云南省凤庆县、云县一带进行恶性疟为主的临床效果观察。北京中药所派刘溥为观察员。临床协作组进入现场后，收到的病人很少。当年 10 月，全国 523 办公室张剑方主任和工作人员施凛荣、广东地区 523 办公室蔡恒正主任、昆明地区 523 办公室危作民副主任一行 4 人，到云南现场检查了解 523 工作的进展情况。在云县临床观察点，了解到云南黄蒿素临床研究组很难收到病人，只收治了 2 例间日疟和 1 例恶性疟。随后，张剑方主任一行又到耿马县医院，了解广州中医学院李国桥小组开展脑型疟救治研究工作的情况。当时耿马地区恶性疟流行，脑型疟病人很多。张剑方主任征询李国桥的意见，希望该组承担黄蒿素的临床试用观察任务。李国桥愉快地接受了。随后，张剑方主任要求云南黄蒿素临床组到高疟区选点收治病人。同时要求该组立即送一批黄蒿素，交给在耿马的李国桥小组进行临床观察。张剑方主任一行回到昆明后，又向昆明523办公室傅良书主任作了布置。

根据全国523办公室领导的指示，云南临床研究组由云南省药物所陆伟东和疟防所检验员王学忠，以及北京中药所的观察员3人带着黄蒿素到耿马县人民医院，交李国桥小组进行临床试验。李国桥研究小组收治的第1例恶性疟病人效果良好，使他感到惊奇。治疗第2例病人后，他向陆东伟等人说，从来未见过如此速效的药物，表示会尽快找脑型疟病人试治。又收治了第3例，结果仍然非常好。到了11月中旬，云南临床研究小组参加了前3例的试用后回昆明。李国桥脑型疟救治组继续试验下去。黄蒿素对恶性疟的临床疗效试验观察，很快就获得十分满意的结果。从此，黄蒿素的研究揭开了新的一幕！

6. 治疗恶性疟耿马报佳音

李国桥小组接受黄蒿素临床试用任务时已是11月初，现场试验工作已到收尾阶段。为了抓时机，尽快做出黄蒿素治疗恶性疟的效果评价，他们毅然留了下来，继续进行临床观察。经过了头3例的试验后，李国桥从病人用药后观察到恶性疟原虫纤细环状体不能发育为粗大环状体的现象判断，黄蒿素对恶性疟原虫的作用效果非常迅速，是奎宁和氯喹所远远比不上的。虽然黄蒿素不溶于水，不能静脉或肌肉给药，但他根据其速效的作用判断，即使把药片碾碎用水混合后，采用鼻饲的方法（相当于口服）给昏迷的病人灌药救治脑型疟，对恶性疟原虫的控制和杀灭效果也要比用奎宁静脉给药快得多。为了尽快找到脑型疟病人，他立即到边远的沧源县南腊公社设点，争取在流行季节末期收治到脑型疟病人进行试验。

李国桥小组继续工作到1975年1月，先后在耿马县人民医院和沧源县南腊公社卫生所又收治了15例疟疾病人，连同前面3例共计18例。其中恶性疟14例（包括3例凶险型疟疾），间日疟4例，获得了十分良好的结果。

全国523办公室之所以临时决定把云南药物所提取的黄蒿素交由李国桥小组做临床试验，是因为李国桥小组有在海南、云南现场连续7年治疗恶性疟、救治脑型疟等凶险型疟疾的丰富知识和临床经验。他通过对恶性疟原虫在人体内的发育规律、用药后原虫的形态变化，以及临床症状的表现的研究，对恶性疟疾和药物作用的特点等，有比较系统的了解，治疗观察方法有独到之处。523项目一些重要药物的临床试用，大多要交给他们进行临床观察评价。李国桥运用对疟原虫发育规律的认识，对试用黄蒿素治疗的18例中的9例恶性疟病人，在血中原虫纤细环状体期服药后，进行了仔细的原虫形态和数量变化的观察，并用氯喹作对照，每4小时查疟原虫1次，24小时内查原虫6次。观察的结果表明：服用黄蒿素的一组病人，在服药后6小时原虫数开始减少，服药16小时疟原虫90%被杀灭，20小时杀灭95%以上；而服氯喹的一组病人也是在纤细环状体期给药，12小时虽然也可见原虫减少，但服药后16小时平均只减少了47%，至40小时才杀灭95%。由此得出了黄蒿素杀灭恶性疟原虫的速度显著快于氯喹。但也发现黄蒿素治疗后存在原虫再现和症状复发的问题。现将其《黄蒿素治疗疟疾18例小结》节录如下：

“我们于1974年10~12月，先后在耿马县人民医院和沧源县南腊公社卫生所用黄蒿素治疗疟疾18例，其中恶性疟14例（包括凶险型疟疾3例），间日疟4例，初步结果表明，黄蒿素对疟原虫的毒杀作用快于氯喹。

……

（4）疗效：

①退热时间

恶性疟除1例凶险型体温不升外，其余13例平均退热时间为37.5小时。

②对原虫毒杀作用速度

恶性疟有9例观察了药物对原虫毒杀作用速度，于纤细环状体期开始服药，服药后6小时，可见到原虫数减少，一般到16小时，原虫被消灭90%，20小时被消灭95%以上。服药后原虫发育即停滞在纤细环状体阶段。

氯喹对5例恶性疟原虫的毒杀作用速度，2例静滴，3例口服，剂量均为第一天30mg/kg（口服6小时内服完，静滴8小时滴完），第二天10mg/kg，第三天10mg/kg（均指磷酸盐）。纤细环状体期用药，用药后12小时可见到原虫数减少，16小时平均减少47%，24小时平均减少74%，40小时消灭95%，用药后原虫仍能发育为中等或粗大环状体。由此可见，黄蒿素对恶性疟原虫的毒杀作用速度快于氯喹（附有黄蒿素与氯喹作用速度比较图，略）。

此外，我们曾对一例间日疟进行观察，当原虫的细胞核刚开始分裂为2～3个核时给予服黄蒿素0.6克，服药后2～7小时，每小时涂片一次，观察到大多数原虫即停滞在2～3核阶段，少数发育为4～5核。由此说明，黄蒿素服后2小时即能控制间日疟原虫裂殖体的发育。

③原虫转阴时间

恶性疟14例中，除2例未观察至原虫转阴外，其余12例转阴最快28小时，最慢84小时，平均54小时。未转阴的2例中，1例是1.5克一天疗程，观察至68小时未转阴，以后未再涂片观察，于服药后第8天症状复发，原虫复燃。另1例是黄疸型，原虫334400/mm³，第1天1克，第2天0.5克，2天疗程，服药第7天原虫未转阴。

间日疟4例均转阴，最快40小时，最慢48小时，平均43.5小时。

④原虫再现与症状复发

恶性疟有7例进行了短期复查。6例先后在服药后第8～24天内原虫再现和症状复发；1例第11天复查阴性，以后未再复查。

（5）黄蒿素治疗三例凶险型恶性疟疾简介：

（例一、例二略）

例三：女，20岁，佤族，妊娠6个月，发病10天胎死腹中，严重贫血（红细胞120万/mm³），体温35℃以下，未给抗疟治疗。恶性疟粗大环状体223440/mm³，正在开始聚集于微细血管发育为大滋养体。病人送到卫生所时即产出死胎，但尚未进入昏迷。根据病人贫血严重，体温不升，死胎流产，大量原虫正在往内脏微血管聚集的征状，已有足够证据表明病人是一例极重型凶险型恶性疟。我们利用病人尚未进入昏迷这一有利条件，立即给服黄蒿素0.5克，并给予其他必要的对症处理，支持疗法和着手进行输血，4小时后再口服0.5克黄蒿素时，病人已经意识障碍，失语，花了很大工夫才把药灌下去。很快，病人就完全陷入昏迷。此时病人血液中的粗大环状体90%以上转到内脏毛细血管中去了。第二天昏迷未见好转。凭我们前十多例使用黄蒿素的体会，病人已服下1克黄蒿素，对原虫的控制是完全有把握的，既然病人已不能口服，我们就未再给抗疟药，我们把注意力集中在输血和处理脑水肿等支持疗法和并发症防治方面。经过多次输血和综合的治疗措施，病人终于在昏迷

50小时后清醒过来，72小时原虫转阴。

（6）副作用：

第1天服2克的两例均出现呕吐，其余各例未见明显副反应。

9例（恶性疟7例，间日疟2例）于服药后第3～6天检查肝功能，8例正常，1例恶性疟（3天疗程，总量4.8克）于入院当天未查肝功能，服药第3天谷丙转氨酶200单位。本例服药第3～6天谷丙转氨酶持续190～200单位，是否与黄蒿素剂量较大有关，值得今后注意。

（7）体会：

初步临床观察表明：①黄蒿素对原虫毒杀作用速度和转阴时间较快，但原虫再现和症状复发也快；②首剂量在0.25～1.0克范围内，第一天量在0.5～2.0克范围内，对原虫毒杀作用的速度并不因剂量的多少而有明显的差异；③间日疟患者服0.2～0.3克一剂疗法，均能使原虫迅速减少，并且在40～48小时内转阴。初步认为，黄蒿素是一种速效的抗疟药，首次剂量0.3～0.5克，即能迅速控制原虫发育。

原虫再现和症状复发较快的原因，可能是该药排泄快（或者在病人体内很快转化为他种物质），血中有效浓度持续时间不长，未能彻底杀灭原虫。今后可试行改变剂量和疗程来克服这个缺点。

尽管黄蒿素在长效方面仍存在问题，但是在抢救凶险型疟疾中，黄蒿素具有高效、速效的特点，因此，我们建议尽快地把黄蒿素制成针剂，用于临床。”[25]

尤其值得称道的是，李国桥根据黄蒿素杀灭疟原虫速度快的特点，很快把黄花蒿素片用于救治脑型凶险型疟疾。他们用鼻饲插管灌胃的办法，成功救治了3例脑型等凶险型疟疾，其中1例是孕妇脑型疟。这是一次了不起的试验。这次试验成功的意义，远远大于成功救活了3个凶险型疟疾病人本身，在青蒿素对恶性疟疾的疗效一直没有确定的时候，这是第一次在临床上，以具有说服力的观察数据，对黄蒿素做出对恶性疟疾具有近期高效、尤其是速效和低毒特点的结论，是对黄蒿素的重要发现。

由云南省药物所提供黄蒿素，与广州中医学院为主进行治疗恶性疟的临床试用，在耿马县用黄蒿素治疗恶性疟的结果，得出的黄蒿素治疗恶性疟疾、抢救凶险型疟疾具有速效、近期高疗效、低毒副作用、无抗药性，但复发率高的结论，从而对黄蒿素治疗热带地区有抗药性恶性疟的疗效、毒副作用作出基本评价。山东省中医药研究所和寄生虫病研究所合作，用黄花蒿素临床治疗19例间日疟的试用结果，也肯定了黄花蒿素具有效果好、安全，但复发率高的基本特点。这些结论在后来国内外青蒿素的研究中，始终被证明是正确的。黄蒿素速效、高疗效、低毒的特点是至今各种抗疟疾药物难以与之相媲美的。尤其是对抗药性恶性疟疗效的肯定，为后来全国523领导小组下决心集中力量，在1975年以后组织开展全国大协作、大会战，全面开展深入的研究奠定了基础。

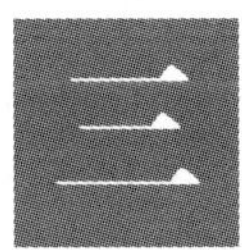

组织大会战创造高速度

1. 北京会议推进了青蒿素

1975年2月底，全国523办公室在北京市北纬路饭店召开各地区523办公室和部分承担任务单位负责人会议（以下简称北纬路会议）。这是一次十分重要的会议。广东地区523办公室负责人把广州中医学院李国桥研究组1975年1月底结束云南现场试验，回到广州后写出的《黄蒿素治疗疟疾18例小结》带到会议作汇报。

鉴于3年来青蒿、黄花蒿实验研究的情况，尤其是云南恶性疟临床良好的疗效，全国523领导小组认为，这是一个很有特点、很有希望的新药，应作为重点项目，下大决心，组织更多的研究单位，开展全面深入的研究，并列为1975年523任务的重点[26]。会议决定于当年4月，在成都召开全国523中草药专业会议，对青（黄）蒿及青（黄）蒿素的研究工作进行全面的部署。

全国523领导小组对北纬路会议非常重视，国家卫生部（组长单位）"碰头会"全体成员在会前（2月20日）听取了523办公室的汇报，会议期间（3月5日）又听取了各地区523办公室负责人的汇报。在两次汇报中，当时的卫生部负责人对长期坚持疟区临床研究的单位作了表扬，对在青蒿研究中遇到挫折想散伙的单位进行了严肃批评[27][28]。领导小组各部的有关负责人也到会并讲了话。这次会议对523工作的重视，是对青蒿素研究的有力推动。

由于北京中药所1974年未提取到青蒿素，北纬路会议后，经全国523办公室协调安排，由四川地区523办公室拨给经费，北京中药所派两位青年科技人员谭洪根、崔淑莲到四川省中药所，在该所研究人员刘鸿鸣的带领下，20多天就提取了600多克青蒿素，供北京中药所临床等研究工作使用。[29]

2. 成都会议总部署大会战

为了加快青蒿素的研究，全国523办公室先后组织了三次"大会战"。根据北纬路会议确定的1975年工作计划和任务，全国523办公室于1975年4月在成都召开了523中草药研究专业会议（以下简称成都会议）。国家有关部委、军队总部和10省、市、区，军区所属39个单位的科技人员及有关领导共70多人出席了会议。

成都会议以青蒿研究为重点，各研究单位汇报交流了各项研究工作的进展情况。特别是李国桥研究小组在会上报告了云南省药物所、广州中医学院合作用云南省药物所提供的黄蒿素，治疗恶性疟疾和抢救凶险型疟疾的疗效，山东省黄花蒿研究协作组报告的黄花蒿素治疗间日疟疗效，使与会者深受鼓舞。为了让更多的单位参与，发挥有关专业的优势，在全国更大范围内开展大协作，加快青蒿及青蒿素的研究，会议依照远近结合的原则，制订了专项协作攻关计划，并具体组织与落实了研究工作任务。

成都会议对青蒿研究的主要任务是："青蒿简易制剂的研究尽快肯定一两种剂型，以便提供就地取材、简易制药、使用方便、价格低廉的抗疟药推广使用；青蒿素的研究，主要是解决提高疗效，降低复燃率，改进生产工艺的问题；同时从资源调查、提取方法、药理毒理、改进剂型、药物体内代谢、化学结构测定、化学结构改造等全面深入系统展开研究。"[30]成都会议是一次历史性的大会，是青蒿大会战的动员会，是全面组织国内医药研究单位和专业单位，进行统一部署的大协作会议，也是青蒿（黄花蒿）研究第一次大会战的重要部署的开始。

3. 黄浦江畔攻坚化学结构

1972年，北京中药所青蒿乙醚粗提物的动物实验结果肯定后，又经临床试验取得较好的结果，全国523办公室即对提取分离青蒿的有效单体和测定其化学结构作出了安排。[31]北京中药所、山东中医药研究所、云南药物所都加快了有效结晶的提取研究，并做了化学结构测定研究的准备工作。1973年6月，全国523领导小组在上海召开了疟疾防治研究工作座谈会，在落实5年规划"后三年主要任务与要求"中，对中草药的研究，明确提出"青蒿在改进剂型推广应用的同时，组织力量，加强协作，争取1974年定出化学结构，进行化学合成的研究"。[32]

青蒿素化学结构测定的研究工作，经北京中药所与中国科学院上海有机化学研究所（简称上海有机化学研究所）协商后，由上海地区523办公室进行了协调安排。研究工作由上海有机化学研究所的周维善教授主持，吴照华和吴毓林具体负责。[33] 北京中药所先后派刘静明、樊菊芬和倪慕云到上海，在有机化学所参与研究工作。对于青蒿素化学结构的测定工作，由于北京中药所在一段时间里未能提取到青蒿素，经全国523办公室的安排，山东、云南两地都为化学结构测定提供了一些纯度较高的青蒿素结晶。开始时，研究工作进展并不顺利。1975年初周维善教授去云南省药物所，了解黄蒿素的情况时称青蒿素结构测定研究有三点困难，一是结构研究本身的难度大，二是青蒿素的供应跟不上，三是北京中药所的人已回北京，还不知道打不打算搞下去。[34]

对于青蒿素化学结构的研究工作，上海有机化学研究所通过元素分析，还原、氢化等多种化学反应及反应物的结构鉴定，采用了圆二色谱、质谱等方法，进行了大量的实验研究。与此同时，北京中药所在北京药物所梁晓天教授的指导下，也进行了一些化学反应方面的实验。由于青蒿素的结构特殊，经多方联系，得到有关单位的无私援助，借助国内当时科研单位的先进仪器——250兆核磁共振仪，做出了青蒿素的氢谱和碳谱，为确定青蒿素母核的结构提供了有力的数据，并受鹰爪甲素化学分子结构中含有过氧基团的启发，推断出青蒿素化学分子式，进而确定了化学结构式的相对构型。尤其是确定了青蒿素是过氧化物这一最重要特征以后，进行了青蒿素的氢化—还原等一系列化学反应的深入研究，确定了青蒿素的内酯，可被钠（钾）硼氢还原成一对异构的还原青蒿素（二氢青蒿素），并可保留其过氧基团，[35] 并证明了其化学结构，进行了多种化学反应，获得多种反应物，为后来发展一系列的青蒿素衍生物打下了坚实的基础。其后，中国科学院生物物理研究所梁丽等又用X-单晶射线衍射法，研究确定了青蒿素的化学结构的立体绝对构型。最终证明青蒿素是一个仅由碳、氢、氧3种元素组成的具有过氧基团的新型倍半萜内酯,是与已知抗疟药结构完全不同的新型化合物。

4. 紧抓不放乘胜扩大战果

1975年成都会议吹响了青蒿研究大会战的号角。会议对青蒿和青蒿素的研究进行了全面的部署。各地区、各单位都以极大的热情，按照任务分工，开展各方面研究工作，更大规模的大协作，把青蒿素的研究又推向了一个全面深入研究的阶段。

成都会议以后，青蒿和青蒿素的研究主要由各地区523办公室根据统一的计划分工，在本地区组织有关单位开展。北京中药所青蒿素的临床研究则与广东海南、湖北、河南等地协作，其所用的青蒿素是与湖北武汉健民制药厂协作，从四川省酉阳购买青蒿草原料，采用云南的溶剂汽油法提取的。同时，北京中药所还协助江苏省高邮县，通过大量临床观察和调查总结，进一步肯定了青蒿生药剂型治疗疟疾的疗效。[36]山东、云南、广东、广西、上海、四川等地的有关单位，在统一计划下，分工合作，在资源调查、提取工艺、检测方法、药理毒理、结构测定、药物配伍降低复燃率、简易剂型的研究等方面都做了大量工作。为了尽快出成果以备急需，青蒿及青蒿素研究的会战攻关，在全国和各地区523办公室的组织下，多系统、多单位、多专业之间，更大范围的大协作全面开展起来。

为了交流成都会议后任务落实的情况，进一步对研究工作作出新的安排，1975年末，全国523办公室又在北京召开了一次会议。

从各地区研究工作的进展表明，青蒿素的速效、近期高效、副反应小的结论进一步被肯定。尚待解决的复燃率高、提取成本高，药理作用还不清楚是主要问题。经讨论提出了1976年研究工作主要解决的问题是：

"（1）改进和扩大验证青蒿简易剂型，选出几种疗效好，副反应小，成本低的剂型推广试用。

（2）扩大对凶险型疟疾病例的急救观察，研究提供可肌注、静脉滴入的制剂，制定出综合救治方案，推广试用。于五月、六月组织有关协作单位去江苏高邮县参观学习，商定扩大验证方案。

（3）改进青蒿素的提取方法和试生产工艺，逐步达到得率高、成本低、生产工艺简便的要求；研究降低复发率的措施，达到治疗药的要求，尽早推广试用。

（4）尽快测定出化学结构，进一步探讨化学结构和疗效的关系，为寻找新药提供依据。"

会后经与上海有关部门商讨，并经全国523领导小组同意，由上海药物研究所承担青蒿素化学结构改造，合成新衍生物的研究工作。[37] 化学结构改造、合成新衍生物的研究任务正式列入了研究计划。

此次会议是继成都会议后，对青蒿及青蒿素的研究做出的另一次重要的部署，也是第二次大会战开展前对各项任务的具体安排。

1976年1月23日～7月23日，应柬埔寨的要求，我国派出一个来自军队和各省、市主要是承担523任务单位的疟疾研究专业技术人员，周义清、李国桥、施凛荣、焦岫卿、瞿逢伊、王国俊、王元昌、黄承业、李祖资、姜云珍、胡善联、赵宝全、邓淑碧等13人组成的疟疾防治考察团，赴柬埔寨协助开展疟疾的防治。为做好防治药物的准备，1975年第4季度由全国523办公室商请能大量分离提取黄花蒿素的山东省中医药研究所和云南省药物所,分别制备一批黄蒿素的各种剂型,包括:油混悬注射剂、水混悬注射剂和片剂、胶囊剂。这是我国的抗疟药青蒿素第一次“出国”。在柬埔寨临床试用中,再次证明了青蒿素在抗药性严重的东南亚地区,用于救治脑型疟疾和治疗抗药性恶性疟疾的效果非常优异,尤其是用于抢救脑型等凶险型疟疾病人,能使病人得到非常有效救治并很快痊愈,从而挽救了一批病人的宝贵生命,受到柬方的热情赞扬和感谢。[38]

5. 总结资料准备成果鉴定

1976年7月,全国523办公室在江苏高邮县,召开了青蒿简易剂型治疗疟疾群防群治现场会,听取了高邮县卫生局的经验介绍。会上进一步协调了青蒿研究工作计划,并提出了以下要求:

“青蒿简易剂型的研究:对现有几种青蒿简易剂型继续扩大临床试用,进一步肯定和提高效果,选出1~2种适应广大农村就地取材、土法制药、推广使用的剂型,1977年组织地区间交叉扩大试用。

青蒿素防治疟疾的研究:重点是解决降低复发率和改进制剂工艺,选出几种较好剂型和方案,1977年在大范围扩大交叉试用。

青蒿素II化学结构的研究:要把绝对构型确定下来,并完成鉴定前的全部资料准备。化学结构改造,1977年合成选出1~2种衍生物进行临床试用。

青蒿素药理毒性和代谢的研究:要抓紧进行,为进行药物鉴定和研究提高提供依据。

会议要求,要根据分工,组织力量,尽快完成优质青蒿资源调查,完善青蒿素的生产工艺,为寻找质量好、得率高、成本低的原料,为普及推广创造条件。”[39]

这次会议为完善青蒿素（黄蒿素）的研究成果再次作了部署，对第三次大会战进行了“决战前”安排。

至此青蒿素已经发现发数年，无论青蒿资源调查、青蒿素质量控制、临床前药理和毒理学研究、青蒿素的生产、制剂的研究以及临床试验，都迫切地需要提供统一的青蒿素含量测定方法和质量标准。1976年12月，全国523办公室委托北京中药所和山东省中医药研究所组织各有关单位的药物分析科技人员，举办青蒿素含量测定学习班。

1977年2月18～30日，在山东省中医药研究所举办第一次黄（青）蒿素含量测定交流学习班。测试的黄蒿（青蒿）样品由各地自带1～2千克。[40]参加交流学习班的人员除了北京中药所、山东省中医药研究所和云南省药物所3个单位外，还有上海、广东、广西、江苏、河南、四川、湖北等省市的药物所、植物所、药品检定所、寄生虫病防治研究所、制药厂等15个单位的科技人员。参加交流学习班的人均按通知要求，除了介绍交流各自建立的含量测定多种方法，还用四川和山东产的黄（青）蒿以及黄（青）蒿素进行了实地操作演练。大家互相观摩，共同讨论，比较每一种方法的优缺点和实际的可行性。在交流学习班上，通过互相交流，取长补短，大家认为南京药学院和广州中医学院合作建立的紫外分光光度法较好，但还需要改进。学习班对制定青蒿素和青蒿制剂的质量标准、青蒿素含量测定方法，包括青蒿、青蒿素及制剂的含量测定方法的下一步研究做了明确的分工。[41]

1977年9月，按全国523办公室的要求，又在北京中药所举办了第二次含量测定研讨学习班。这次的任务一是要确定一个可信又可行的青蒿素测定方法；二是从北京中药所、山东省中医药研究所和云南省药物所分别拟订的青蒿素质量标准中，修改制定出一份统一的质量标准。由于涉及药典的要求，又请了中央药检所的同志共同参加提意见。含量测定方面，大家一致认为还是南京药学院和广州中医学院建立的紫外分光光度法最好，但存在的问题还没有按上次学习班的意见改进。为了完善这个方法，当场一起讨论改进，就在北京中药所实验室进行实验，并最后定出测定方法；青蒿素质量标准则以北京中药所起草的质量标准为基础，山东省中医药研究所和云南省药物所提供的数据作补充，最后由曾美怡、田樱、罗泽渊、沈旋坤、严克东等5人起草制定。

这两次学习班，取各家之所长，很快解决了实际问题，又一次体现了大协作高速度推进了研究工作。

为了做好青蒿素和青蒿简易制剂技术鉴定前的准备，1977年5月，全国523办公室在广西南宁召开了“中西医结合防治疟疾药物研究专业座谈会”（以下简称南宁会议）。会议传达了当年3月在北京召开的全国523会议精神，总结评价了1975年4月成都会议两年来青蒿、青蒿素研究结果和进展，并提出了成果鉴定前必须继续完成的任务要求。

自1975年4月成都会议以后，经过两年的3次大会战，江苏、四川、广东等地用青蒿素和青蒿简易制剂，临床观察治疗疟疾2000多例，其中用青蒿简易制剂治疗1200多例，有效率在90%以上；用青蒿素的各种剂型试验观察了800多例，有效率100%；云南、山东等地的青蒿素注射剂，月复发率由30%降到10%以下，但复发率高的问题仍未获满意解决；青蒿素救治脑型疟84例，效果优于奎宁等当时的其他药物；青蒿素化学结构已经确定并合成了衍生物；青蒿素的药理、毒性、代谢等也开展了研究；确定了紫外分光光度法作为青蒿素含量测定方法；制定了青蒿素的质量标准；青蒿素的提取生产工艺和制剂的研制也有了改进提高。

南宁会议对 1977 ~ 1978 年的青蒿研究任务提出 3 个要求：

"①青蒿生药简易制剂，进一步在疟区推广试用，以便定型生产，选出较好的青蒿素剂型在不同地区交叉验证；②对生产工艺、质量标准及药理、毒性资料及时总结整理；③青蒿素的几个衍生物，要抓紧做好临床前的实验工作，力争早日进入临床试用。会议就青蒿、青蒿素的鉴定作了具体的安排，要求尽快完成鉴定所需资料的补充和准备，以便及早鉴定后安排生产，为战备提供药品。"[42]

南宁会议是为青蒿素尽快鉴定和青蒿简易制剂能够尽快生产，作了具体的部署和安排，是鉴定前的一次预备会。会议安排的任务计划的有效完成，为青蒿、青蒿素成果的成功鉴定做了准备。

四

丰硕的成果历史的丰碑

青蒿和青蒿素的发掘研究，从1972年北京中药所在南京523中草药专业会上，报告青蒿乙醚粗提物抗鼠疟的实验结果，到1975年初，云南高疟区作出对治疗抗药性恶性疟的基本评价，只用了3年时间，1978年通过成果鉴定，也只有六七年时间。青蒿素的研究经过大量艰苦细致的研究工作，终于获得巨大的成功。其间，虽然有的单位经历困难和挫折，但在统一计划部署、分工协作下，充分调动和集中全国的技术力量和条件，把各个研究单位各自的优势整合为整体的优势，使这项一个单位难以完成的项目，以令人难以置信的速度和高质量顺利完成，青蒿素及其衍生物从此成为举世闻名的抗疟新药。1977年3月“三部一院”*在北京召开的有关省、市、区，部、委以及军队所属单位负责人参加的工作座谈会议简报指出：

“青蒿防治疟疾的研究在短短的两年时间（编者注：指1975年4月成都会议起），取得了显著的成绩。有3000多病人试用，肯定了治疗效果。研究工作逐步深入，从资源调查、植化提取、药理毒性、化学结构、生产工艺、含量测定、药物制剂等方面进行了大量的研究工作。进展这样快，是任何一个部门、一个单位所不能办到的。”[43]

为做好鉴定会准备工作，1977年10月，全国523办公室依据各单位报告的情况，经过认真的分析研究，向“三部一院”呈送了青蒿素研究工作基本情况的报告。报告对成绩的估价留有相当余地。其基本评价是：

“经过近10年的努力，把青蒿的研究提到一个新阶段，在救治脑型疟和治疗抗氯喹恶性疟病人方面达到了国内外先进科学技术水平。”

该报告分4个部分。

第一部分叙述青蒿和青蒿素发掘研究的过程。概述了北京中药所青蒿的研究于1972年先行起步，粗提物临床观察效果满意；但1973年9月用青蒿素Ⅱ临床观察了8例，疗效、安全性效果不好，“因未能达到预期满意效果，研究工作曾一度受到影响”。山东省寄生虫病研究所，借鉴南京中草药专业会议青蒿研究的信息，采用该省黄花蒿粗提物临床观察间日疟30例效果满意；后又与该省中医药研究所协作，分离出有效单体定名“黄花蒿素”，1974年临床观

---

*国家卫生部、国家（石油）化工部、中国科学院、总后勤部

察间日疟26例，疗效较好。云南省药物所于1973年4月从大头黄花蒿中直接提取出黄蒿素，经药理毒性实验证明速效、低毒。1974年11月～1975年1月，由广州中医学院临床研究小组治疗观察恶性疟、间日疟18例，肯定了其速效超过氯喹，得到“其高效、速效特点，是目前各种抗疟药中所难媲美”的结论。全国523办公室认为：“云南、山东44例疟疾病例观察，对深入开展青蒿研究起到了很大的推动作用。”[16]

报告的第二、第三部分主要介绍了青蒿研究进展的具体情况和存在的一些问题。第四部分对下一步工作提出了建议。

为了准备青蒿、青蒿素成果的鉴定资料，1978年3月，全国523办公室在北京香山召开了鉴定会的预备会议，把各单位的研究资料按专业综合在一起，分为12个专题，每专题推选一个单位整理，负责起草向鉴定会提交的技术报告。预备会起草了成果鉴定书（草稿），其中争议的主要问题是排名问题，经过充分讨论，最终达成基本共识。有关技术报告和成果鉴定书（草稿）会后带回单位征求意见。

1975年成都会议以后，经过多次的部署，在统一计划下分工协作，各地区有关单位的各项研究工作都取得较好的进展，为召开青蒿和青蒿素的成果鉴定会打下扎实的基础。

1. 药学研究项目齐全

青蒿素的剂型研究关系到青蒿素推广使用的问题。各单位围绕青蒿素的使用方便和克服复燃率高的问题，研制的剂型各有特色。口服剂型有粉剂、片剂、固体分散剂、微胶囊和油丸5种。为解决复发率高的问题，研制了油透明注射针剂、油混悬注射针剂和水混悬注射针剂等。

青蒿的简易制剂有鲜汁、煎剂、冲服剂、浸膏片剂等。有些单位开展了简易制剂和复方配伍,提供了一些在群防群治中推广使用的方案。

含量测定和青蒿素的质量标准,通过两次研讨学习班,集思广益，取长补短，确定了紫外分光光度法作为青蒿素含量的检测方法。质量标准在北京中药所提出的基础上，用山东、云南两地提供的数据作补充，经过修订完成了草稿。

2. 临床试用基础厚实

黄蒿素（青蒿素）在1974年虽然经云南、山东通过37例疟疾病例的观察,肯定其治疗疟疾尤其是恶性疟疾和救治凶险型疟疾的效果及其优点,但例数较少,试用的范围较小。成都会议要求各地扩大临床试用研究。各地区用当地的黄花蒿、青蒿提取加工，用黄（青）蒿素和黄（青）蒿制备各种剂型，扩大临床试用。黄（青）蒿素在云南、广东（海南）和柬埔寨的治愈率均达100%。四川、广东、河南等地也试制了青蒿片，即时有效也达到100%。青蒿素和青蒿简易制剂在广东（海南)、云南、河南、山东、江苏、湖北、四川、广西，以及在老挝、柬埔寨治疗各类疟疾共6550多例，其中青蒿素2099例[42] 均取得满意结果。青蒿素口服剂和注射剂近期疗效均可达到100%；青蒿素油混悬针剂的月复发率为10%左右；简易剂型的有效率也稳定在80%以上。

3. 资源分布基本掌握

成都会议后，广东、云南、江苏、四川、广西、福建、北京各地区植物和中药生药专业人员,迅速在全国各地展开了青蒿野生资源的调查，证实青蒿在我国南北各省分布很广，资源丰富。过去作为药材收购量占的比例极小，而大量用作绿肥。据估算，仅广西桂林地区每年即可收购500吨，广东年产量估计为5000吨；野生青蒿生药中青蒿素的含量，一般南方高于北方。以南岭山脉、武夷山脉以南为高含量区，尤以广西、广东以及海南北部为最高。南岭以北秦岭以南为中含量区，其中以重庆酉阳（原四川）、彭水、秀山等地，以及湖南的湘西地区、武陵山区及贵州、云南、广西、湖南交界的地区，生长的黄花蒿多呈群落分布，不仅产量多，而且青蒿素的含量也较高。一般情况下，秦岭以北地区为低含量区，东北地区多为微含量区。

4. 药理特点初步摸清

总结了北京中药所、山东省中医药研究所、云南省药物所，以及广东、广西、四川、江苏各个单位的实验研究和临床研究的大量资料，得出了对青蒿素的药理和毒理特点的肯定结论。青蒿素杀灭疟原虫的速度明显快于氯喹等当时所有的抗疟药，但近期复发率高，与青蒿素在体内吸收迅速、分布广、排泄快、无积蓄的特点相一致；青蒿素为一种低毒性药物，经动物实验和临床研究均表明，青蒿素临床用量对心、肝、肾等主要脏器无明显不良反应，动物实验各项毒性指标均无异常，用于治疗怀孕病人，也未有发生不良反应现象；在云南、广东（海南）等地，对用氯喹治疗失败的病例，用青蒿素治疗均可获得成功，表明它与氯喹无交叉抗药性，可用于有抗药性疟疾的治疗。由于青蒿素杀灭疟原虫特别迅速，效果特别快，因而是救治脑型等凶险型疟疾的首选药物。

5. 提取工艺初步确定

云南省药物所在1974年研究出溶剂汽油提取方法后，为了将黄蒿素尽快提供工业生产，在昆明制药厂的配合下，进行了黄蒿素工业生产工艺放大的试验。经过多次试验后，1975年12月~1976年1月和1976年9~10月先后两次，进行溶剂汽油法提取黄蒿素的生产工艺放大试验，共投黄花蒿干叶原料2.256吨，得出“以黄花蒿叶为原料，用汽油提取黄蒿素，具有流程短、收率高、成本低、易纯化、操作简便、工艺稳定、不需要特殊设备和试剂、产品纯度高的优点，可以作为黄蒿素工业生产工艺”的结论。此工艺成为后来各地试产工艺的基础。云南省药物所黄蒿素批量生产提取工艺为提供大量科研、战备用药作出了贡献。山东省中医药研究所的丙酮提取工艺，使青蒿素含量低的青蒿提高了青蒿素的得率。广西桂林芳香厂改进云南溶剂汽油提取法，使桂林地区青蒿素得率提高。

6. 化学结构谜团破解

青蒿素化学结构的测定是以中国科学院上海有机化学研究所为主，北京中药所人员参加，又和中国科学院生物物理研究所合作完成的。上海有机化学研究所经过反复的实验、演示、论证，根据光谱的数据和各种化学反应，确定了青蒿素的分子结构的相对构型；后又经中国科学院生物物理研究所用单晶X-射线衍射的方法，确证了青蒿素分子结构的立体绝对构型，证明青蒿素是一个仅由碳、氢、氧3种元素组成的、具有过氧基团的新型倍半萜内酯，是与已知抗疟药的化学结构完全不同的新型化合物。

1820年，从印第安人用的金鸡纳树皮中，分离出的抗疟疾有效物质生物碱奎宁，1908年发表了它的化学结构后，药物科学家围绕这一化学物质进行大量化学结构的改造。国外学者相继合成了一系列奎宁衍生物。其中有抗疟活性的，以4-氨基喹啉类（如氯喹）为代表，其化学结构中都具有含氮的杂环。因此，国外药物学家曾断言：抗疟药的结构必须有一个含氮元素的杂环才有效。青蒿素的发明和化学结构的确证，彻底打破了几十年来的论断。它是继奎宁和喹啉类药物之后的重大突破，也是发掘继承祖国医药学伟大宝库的一项重大成果。青蒿素化学结构的确证，为开展青蒿素衍生物的研究，从中找出比青蒿素效果更好的抗疟药，开辟了一条新的途径。青蒿素化学结构的研究，就当时我国的技术水平来说，难度是十分大的。它是在全国和有关地区523办公室的统一安排和筹划下，动员了全国的有关科研力量和高精仪器设备，在全国有关科研部门和科研人员的无私协作下取得成功的。通过这项研究工作的实践，大大显示了我国科研人员鉴定天然有机化合物化学结构的技术水平。

五

鉴定会宣告青蒿素诞生

经过一年的协商和资料的准备，1978 年 11 月 23 ~ 29 日，全国 523 领导小组在江苏省扬州市（高邮县所在地区行署所在地）主持召开了青蒿素（黄蒿素）治疗疟疾科研成果鉴定会。国家卫生部、国家科委、中国人民解放军总后勤部的有关领导和机关干部，有关省、市、区，军区领导和全国523办公室、地区523办公室的同志出席，承担研究任务的“三部一院”直属单位，9个省市区、军队所属参与青蒿、青蒿素研究的科研、医疗防疫单位、医药院校、制药厂等主要研究单位和主要协作单位的领导和科技人员参加会议。会议邀请了中华医学会、卫生部药典委员会、中央药品生物制品检定所、《新医药学杂志》的代表参加。参加鉴定会的人员共104人。

1. 集体成果分工汇报

承担青蒿素研究任务的，有国家部委直属科研机构，9个省、市、区及军队医药院校、研究所共45个主要单位。这是一项艰巨的科研系统工程。根据鉴定会预备会议的分工，提交鉴定会的资料分为12个专题，由14名专家代表报告。

（1）青蒿品种和资源调查报告（广西植物所王桂清）；

（2）青蒿的化学研究（北京中药所屠呦呦）；

（3）青蒿素的药理学研究（北京中药所李泽琳）；

（4）青蒿制剂治疗恶性疟和间日疟的临床研究（昆明医学院王同寅）；

（5）青蒿素制剂治疗脑型疟（广州中医学院李国桥）；

（6）青蒿素制剂治疗抗氯喹株恶性疟疾资料综合（海南区防疫站蔡贤铮）；

（7）青蒿素含量测定和质量标准制定（北京中药所曾美怡）；

（8）青蒿素制剂的研究（山东中医药所田樱）；

（9）青蒿素的生产工艺的研究（云南药物所詹尔益）；

（10）青蒿素的生产工艺的研究和综合利用（桂林芳香厂邓哲衡）；

（11）青蒿浸膏片的工艺、药理和临床研究（四川省中药所吴慧章、藏其中，成都中医学院罗中汉）；

（12）青蒿简易制剂治疗疟疾资料（江苏高邮县卫生局陆子遗）。

需要说明的是，青蒿和青蒿素的研究资料是由各单位提供，集中后分工整理的，专题的报告人只是多家协作单位的代表，报告的内容并非个人的成果。如《青蒿的化学研究》的报告，其内容不仅涉及青蒿植物化学的研究，还包括青蒿素各种提取方法、化学结构鉴定等大协作的共同成果，报告人只是各个研究单位推举的代表，其报告的内容决不代表其个人的成果。其他专题也如此。

2. 排名争议达成一致

青蒿素成果的诞生凝聚了太多的单位和科研技术人员、管理人员的心血。青蒿素成果的鉴定，表明了各参与单位为之付出的艰辛劳动，各有不同的贡献得到肯定。即便在提倡发扬社会主义风格的社会氛围里，有的单位代表从自己部门、单位的成绩和荣誉出发，对主要研制单位的名次排列也有分歧，有争议。为此，通过会上讨论会下交换意见，主持会议的领导出面做工作，原对排名有意见的单位代表，为了顾全大局，不再坚持己见。这次鉴定会由于是把青蒿简易制剂和青蒿素的研究两个项目作为一个大项，合并进行鉴定的，因此，青蒿素的研究部分排了4个单位；青蒿简易制剂的研究排了2个单位。6个主要研究单位排名顺序如下：

国家卫生部中医研究院

山东省中医药研究所

云南省药物研究所

广州中医学院

四川省中药研究所

江苏省高邮县卫生局

主要协作单位为中国科学院生物物理研究所、中国科学院上海有机化学研究所等39个单位。

青蒿素成果鉴定会的情况，《新医药学杂志》1979年第一期作了全面的报道。

3. 各家贡献尊重历史

从中药青蒿到青蒿素的发掘研究成功，有单位对排名先后不断有所争论。现将各单位提取结晶物和临床试验结果时间按原始资料归纳记述如下：

（1）提取出青蒿素（黄蒿素、黄花蒿素）的时间：

北京中药所，1972年12月从北京地区青蒿植物中提取出青蒿结晶物，实验编号为“青蒿素Ⅱ”，后改称青蒿素。

云南省药物所，1973年4月从昆明地区大头黄花蒿提取出结晶物，实验编号为“苦蒿结晶Ⅲ”，后定名为“黄蒿素”。

山东省中医药所，1973年11月从山东泰安地区的黄花蒿中提取出7种结晶，第5号结晶定名为“黄花蒿素”。

（2）临床试验评定结果时间：

云南省药物所，提供的“黄蒿素”即“苦蒿结晶Ⅲ”，于1974年10月～1975年1月主要由广州中医学院临床组在云南耿马县以恶性疟为主，出现抗药性的地区进行临床试验，抢救、治疗凶险型恶性疟3例，恶性疟11例，间日疟4例，与氯喹对照，首次对黄蒿素治疗恶性疟作出速效、近期高效、副反应低、短期复发率高的临床评价。

山东省中医药研究所、山东寄生虫病研究所，于1974年5月在山东省巨野县临床用“黄花蒿素”治疗间日疟19例，对北方间日疟疗效较好，无明显副反应。尚未对有抗药性的恶性疟的临床疗效进行试验。

北京中药所于1973年9～10月在海南昌江地区对“青蒿素Ⅱ”进行了8例的临床试验，间日疟3例有效，恶性疟5例未显示明显疗效，其中1例虽即时有效，但6天内复发，2例无效，另2例因出现心脏毒性反应而终止了临床试验。北京中药所重新开展青蒿素的临床研究，是在成都会议组织10省、市、区的单位大会战以后，1975年6月，与湖北健民制药厂合作，用四川酉阳黄花蒿、云南溶剂汽油法提取青蒿素(黄花蒿素)，分别在海南或与湖北医科院、武钢和河南等单位合作进行的。

由于当时各单位分离出的结晶物尚未测定化学结构，还没有质量的标准和对应的分析检验的数据报告，结晶物是否是有效的抗疟成分，其临床试验的结果是唯一可确定该结晶物是否为青蒿素的主要依据。

从以上历史事实，各单位提取青蒿结晶物的时间有先后，肯定结晶物临床试验结果的先后又有所不同。因此，在对青蒿素临床作出肯定的基本评价之后，对青蒿素的发明谁先谁后的问题一直存在着不同的看法和争论。全国523办公室对这一问题，始终以尊重历史、客观和慎重的态度，对待各家做出的不同贡献，在历次的文件评价中都遵循了同一原则。

1974年2月，在北京召开的北京、山东、云南三地青蒿素研究座谈会后，报“三部一院”、发至各地区主管部门、地区523办公室和有关研究单位的《简报》中这样表述：

“1971年以来，(国家卫生部)中医研究院中药研究所，山东省寄生虫病研究所、中医药研究所，云南省药物研究所等，先后对青蒿进行实验研究和临床验证，取得了初步的成绩。”[21]

这一排名次序就是按中草药青蒿(黄花蒿)研究时间的先后排列的。

1977年10月，在青蒿素鉴定会前，全国523办公室在给“三部一院”的报告中，叙述青蒿素发掘研究过程，仍按北京、山东、云南工作先后排列。但对各单位工作的评述则有所不同。在叙述北京中药所1973年青蒿素II临床试用8例的结果后，评语是“因未达到预期满意效果，研究工作曾一度受到影响”；在叙述广州、云南和山东临床试用的结果后，评语是“1974年通过云南、山东44例疟疾病例观察，进一步肯定了青蒿素（黄蒿素）治疗疟疾的效果和一些优点。对深入开展青蒿研究起了很大的推动作用”。[16]

1978年11月，在扬州青蒿素鉴定会上经过充分讨论、争论，最后通过的《青蒿素鉴定书》上的评语是：

“1971年10月，（国家卫生部）中医研究院中药研究所从中药青蒿（黄花蒿）中找到了抗疟有效部分。1972年和1973年（国家卫生部）中医研究院中药研究所，山东省中医药研究所和云南省药物研究所，先后分离出有效单体青蒿素（黄花蒿素、黄蒿素）。1974年广州中医学院和云南药物研究所在临床上成功地运用青蒿素救治了恶性疟和脑型疟。从1975年开始，（国家卫生部）中医研究院、山东、云南、广东、四川、江苏、湖北、河南、广西、上海、中国科学院和中国人民解放军等有关单位，共同组成了青蒿研究协作组。从资源、临床、药理、化学结构、制剂、生产工艺、质量规格标准等方面进行了深入系统的研究。”[44]

会议通过的鉴定书，既表明了开展青蒿研究工作时间的先后，又对疗效是否成功作了评价，同时肯定了数十个单位所作的贡献。对鉴定书的评述，有的部门和单位当时还有不同意见，经会议领导小组做工作，为顾全大局，他们未再坚持意见。

对于青蒿素的命名，也是鉴定会讨论的重点问题。传统中药中植物黄花蒿和植物青蒿，统称青蒿。青蒿素是从植物黄花蒿提取出来的，而植物青蒿并不含有抗疟成分。因此，对抗疟有效成分的命名一直有两种不同的意见。一种主张称“青蒿素”，因为青蒿是祖国传统中药的抗疟药，北京中药所从一开始就称为“青蒿素”。另一种意见认为，青蒿的抗疟成分是从植物黄花蒿中提取出来的，真正的植物青蒿不含有抗疟成分，从实际和学术的角度，应定名为“黄花蒿素”或“黄蒿素”。这个问题的争论，既是一个学术的问题，实质也关系到排名的问题。会议未就此作出结论，建议会后由有关部门和专家讨论确定。

关于定名的问题，根据当时的研究结果已证明，只有植物黄花蒿和大头黄花蒿含有此抗疟有效成分，植物青蒿不含此抗疟成分。《中国药典》(2000版)已按中药用药习惯，将中药青蒿原植物只保留黄花蒿一种，即 *Artemisia annua* L.，其抗疟成分随传统中药定名为“青蒿素”(QINGHAOSU)。

4. 发明证书归属六家

1978年12月28日，国务院发布了《中华人民共和国发明奖励条例》。国家卫生部代表全国523领导小组，以在江苏省扬州市召开的青蒿素鉴定会上确定的6个主要研究单位，向国家科委申报了青蒿素发明奖。

国家科委发明奖评选委员会在评审中，认为青蒿素作为一个新药的发明，确证药物的化学结构必不可少。一个新药若不清楚其化学结构，就不可能确定为新药。因此，提出担负青蒿素化学结构研究的中国科学院生物物理研究所和中国科学院上海有机化学研究所应列入主要研究单位。四川省中药研究所和江苏省高邮县卫生局，研制的主要成果是青蒿生药片和青蒿生药简易制剂，对于青蒿素成果的研究发明，应列入主要协作单位。在经征得国家卫生部同意后，国家科委于1979年9月向国家卫生部中医研究院、山东省中医药研究所、云南省药物研究所、中国科学院生物物理研究所、中国科学院上海有机化学研究所、广州中医学院6个单位颁发了由国家科委主任方毅签发的《发明证书》。发明项目为“抗疟新药——青蒿素”，奖励等级二等，奖章号码1005。1979年9月在颁发证书的同时，《人民日报》发表了公告，向国内外郑重宣告了我国科技工作者发明的“抗疟新药——青蒿素”诞生。

在回顾总结这段历史的时候，应特别指出的是，江苏省高邮县卫生局和四川省中药研究所（位于重庆），虽然他们最后在青蒿素成果发明奖上没有排上名次，但两个单位为青蒿素研制成功所做的成绩功不可没。

江苏省高邮县卫生局在青蒿和青蒿素研究过程中，乡村医生顾文海等在县卫生局的领导支持下，在民间应用中草药治疗疟疾的基础上，有组织、有计划、较大规模地进行了青蒿多种简易剂型和多种治疗方案的临床试验，并初步肯定了中药青蒿简易制剂治疗间日疟的效果。

四川地区523中医药协作组，在1975年以后的青蒿研究大会战中，发扬其技术和地域的优势，成为青蒿、青蒿素研究大会战的主力军之一。全国523办公室分配四川地区的任务是，为适应备战、备荒的需要，在高邮县的基础上，尽快拿出一种就地取材、制备简易、有较好疗效的青蒿粗制剂。四川地区523办公室在地区有关领导部门的支持下，以四川省中药研究所为中心，该所化学、药理等科室的20多名科技人员，全都投入了青蒿、青蒿素研究工作。全地区军队、地方从事科研、医疗、防疫、教学、制药厂等40个单位协作，从植物资源、化学提取、药理毒理、临床试验、生产工艺、质量标准等方面进行全面系统的研究。青蒿粗制剂“青蒿片”临床治疗恶性疟、间日疟590例，达到100%的疗效，[45]得到速效、近期高效、副作用小，工艺简便，资源广，成本低的评价。经全国523

领导小组同意，由四川地区523领导小组召开鉴定会议审查讨论，青蒿片作为单独一项科研成果通过鉴定。四川省中药所在青蒿素大协作的科研工作中，研究成功生产工艺“稀醇法”，不仅为北京中药所提取了600克青蒿素，也为其他科研、临床试验和战备提供了一批青蒿素。

除青蒿素的6个主要研制单位和青蒿简易制剂的2个研制单位外，尚有37个协作单位，他们也为研制青蒿、青蒿素承担了大量临床试验、资源调查、质量标准等研究工作，作出了各自的贡献。这些单位和科技人员为了援外、战备的急需，执行上级交给的任务，不计报酬，不图名利，默默奉献，其精神和风格是值得敬佩的。

此外，云南、山东、广东、广西的有关制药厂及其领导部门为援外、战备，突击生产提供一大批青蒿素，保证了临床实验研究的需要和我军的战备急需，各级的组织领导者，以及成果的发明者，永远不要忘记榜上无名者们对青蒿素研制成功所作出的贡献。

青蒿素的研制成功，是我国科技工作者集体的荣誉，6家发明单位各有各的发明创造。但可以断言，从传统医药中，用现代的科技术手段研制成功一种新结构类型的新药，发明证书上的6个单位中，无论是哪一个单位，以当时的人才、设备、资金、理论知识和技术，哪一家都不可能独立完成。

5. 青蒿素的公开发表

近十几年来，不断有人提出，为什么要把青蒿素的成果技术过早公开发表而不申请专利呢？这是因为青蒿素化学结构的公开发表也有当时的背景。

1976年，当获悉南斯拉夫一位植物化学家也正在分离蒿属植物的类似物质，从各方得到的信息分析，以为与我们正在研究的青蒿素相同。我国当时尚没有专利和知识产权保护法规。在那个年代里，把研究成果写成论文发表，为国争光是当时科技人员的唯一选择。为了赶在外国人发表的前面，表明青蒿素为中国人的发明，由中医研究院请示，经卫生部批准，于1977年在《科学通报》以“青蒿素结构研究协作组”的名义，发表了青蒿素这一新的化学结构；1978年5月，又以“青蒿素结构研究协作组”和中国科学院生物物理研究所名义，发表了青蒿素结晶立体绝对构型的论文。1979年，第二篇青蒿素化学结构的论文，以北京中药所和上海有机化学研究所科研人员署名发表于《化学学报》。

6. 战备生产各显真功

青蒿素这一成果的诞生，直接为我军战备和边防军民防治疟疾提供了有力的保障。20世纪70年代末，由于部队战备需要，急需生产一批青蒿素备用。国家医药管理总局、中国人民解放军总后勤部、国家卫生部联合向云南、广西、四川、广东等省、区有关主管部门，下达了生产青蒿素的紧急任务。指定生产的单位有云南省药物所和昆明制药厂、四川省中药所和重庆制药八厂、广西桂林芳香厂、广东海南制药厂。[46]各有关省、区的领导部门对此非常重视，迅速做出部署和安排。这些单位是我国最早提取和试生产青蒿素的研究所、制药厂，在各地区523办公室的组织协助下，科研和生产单位制定合理的生产工艺，挖掘生产潜力，清理库存和收购黄花蒿，即刻投入生产。四川省中药研究所把用于科研和临床试用的上百万片“青蒿浸膏片”也作为提取青蒿素的原料。在各地区的共同努力下，上级下达的生产任务很快完成，提供了青蒿素油针剂几十万支，后又追加下达生产100千克青蒿素的任务，各单位也都按时完成了。这是一次对523科研单位和生产单位的考验。每一个承担青蒿、青蒿素科研、临床、生产、后勤服务的单位和人员，急战备之所急，供战备之所需，尤其是生产一线的人员，更是废寝忘食，加班加点，都为能参加研制和生产抗疟新药青蒿素，能为战备服务而倍感自豪和欣慰。

通过这次紧急战备任务的生产，起到了加速科研成果推广的作用，也进一步推动了青蒿素科研工作的深入开展。为了满足国内外对青蒿素的迫切需要，解决青蒿素工业化定点生产的问题，摆上了领导部门的日程。

青出于蓝而胜于蓝

1. 改造结构上海药物所领军

1978年在江苏省扬州市召开的青蒿素鉴定会，宣告了中国抗疟新药青蒿素的诞生。从青蒿素研究开发的历程看，这还只是青蒿素研发中的第一阶段。此后，一系列青蒿素衍生物的诞生和青蒿素新复方的研究开发，以及它对其他疾病的应用开发，可以称得上是青蒿素研究进入又一新的高潮。

1975年底，就在青蒿素的化学结构测定工作刚要完成的时候，全国523办公室组织有关专家讨论，瞄准了对结构新颖、作用机制特殊、疗效快速的青蒿素衍生物的研究。

为了寻找比青蒿素疗效更高、原虫复燃率更低和制剂更稳定、使用更方便的新一代抗疟药，依据青蒿素化学结构的特点，专家们一致认为，可先通过对青蒿素的结构修饰，提高其溶解度和生物利用度，从而提高其疗效。1975年12月，在上海召开的523化学合成药评价和鉴定会议期间，全国523办公室会同上海药物所合成研究室的有关专家，商讨了青蒿素化学结构的改造工作，认为这是克服青蒿素缺点的一个好办法，达成了共识。

上海药物所从1967年就承担了523化学合成抗疟药和中草药抗疟药的研究任务，是523任务的主力单位之一。在化学合成药常山乙碱化学结构改造的研究和中草药仙鹤草抗疟作用的研究中，做了很多卓有成效的工作。从常山乙碱化学结构改造研究中获得的衍生物常咯琳（即56号），不仅有较好的抗疟作用，而且克服了常山乙碱呕吐的缺点。由于该药与同期523研究的其他抗疟药相比，疗效尚不理想，未被用作抗疟药，但却被开发成为一个抗心律失常的新药。在中草药仙鹤草的研究中，通过实验室和临床研究，也肯定了它有显著的抗疟效果，并分离了单体，测定了化学结构——仙鹤草酚。

1976年2月，全国523领导小组向上海药物所下达了进行青蒿素化学结构改造、寻找新衍生物的研究任务后，该所立即组织合成化学、植物化学和药理研究室人员，围绕青蒿素结构与效价的关系及衍生物的合成开展了研究。

2. 衍生物研究抓住重点目标

青蒿素含有过氧基团的倍半萜内酯，过氧基团的作用成为化学合成的研究重点。上海药物所借鉴上海有机化学研究所在青蒿素化学合成中的各种化学反应产物中，发现大部分的化合物，都已失去了过氧基团或青蒿素的母核。唯一例外的是在5℃左右，青蒿素被钠硼氢还原后生成的二氢青蒿素（又称还原青蒿素、双氢青蒿素），既保留了青蒿素的母核，也保留了过氧基团。于是，他们合成了有过氧基团的二氢青蒿素和脱氧青蒿素，由药理组进行了鼠疟筛选。实验结果表明，失去过氧基团的脱氧青蒿素毫无抗疟作用，而二氢青蒿素的抗疟效果比青蒿素更高。这是一个非常重要的实验结果，也是一个非常重要的发现。它证明了过氧基团是抗疟活性必需的基团。既然过氧基团有效，其他过氧化物是否也有效呢？他们继而又合成了一些简单的过氧化物（包括含有一个或两个过氧基团的化合物），和天然的过氧单萜——驱蛔素一起再由药理组进行药效试验。但这些化合物的抗疟效果同样很不理想。由此推断，在青蒿素结构改造物中，除应保留过氧基团外，还需要同时保留青蒿素的母核。植物化学组在青蒿素结构改造的实验研究结果也显示，青蒿素分子结构经过剧烈改变后即失去疗效。同时，他们还进行了青蒿素在人体内的代谢研究，希望从青蒿素的代谢物中寻找有效药物的线索，结果表明这些代谢物均无抗疟作用。

虽然，二氢青蒿素比青蒿素的抗疟效果更好，但它的溶解度没有多大改善，稳定性反而不如青蒿素本身。在此基础上，化学合成组的李英等设计和合成了3类二氢青蒿素的衍生物，即醚类、羧酸酯类和碳酸酯类衍生物。

在1977年4月于广西南宁召开的523中西医结合防治疟疾专业座谈会和同年6月于上海召开的523化学合成药专业组会议上，上海药物所的虞佩琳、盖元珠和瞿志祥报告了他们制备青蒿素衍生物的多种途径和设计研究方案（其中包括水溶性化合物青蒿酯类的设计初步方案）和已合成的20多个青蒿素衍生物的初步筛选结果。

顾浩明测定了衍生物的抗疟活性,二氢青蒿素的生物活性是青蒿素的2倍；SM224（青蒿素甲醚衍生物）是青蒿素的6倍，活性最高；SM227（青蒿素乙醚衍生物）次之，是青蒿素的3倍。之后，在继续研究中，又发现有不少化合物的活性是青蒿素的10倍以上。

1977年11月，经专业人员讨论决定，根据青蒿素衍生物的抗疟效价，在3类衍生物中各选出一个抗疟作用最好的化合物，进行大动物的疗效和毒性实验。实验所需化合物的量比较大。其间，由于植化组在几个月前的实验中,发现将制备二氢青蒿素的甲醇反应液直接酸化,也可生成蒿甲醚。因此,由他们用此方法经一步反应,加快了提供SM224的速度。化学合成组还合成提供了衍生物SM108及SM242，最后根据毒性实验结果、稳定性、溶解度及生产成本等因素，选定SM224作为候选药。此后，上海药物所的研究人员对SM224的药理毒性及药物的吸收、分布、排泄，药物代谢动力学、胚胎毒、致畸性，以及在体内的化学转化等进行了系统的研究。

为了赶在第二年疟疾高发季节的临床试验,在上海地区523办公室的组织和协调下,云南省药物研究所、四川中药所和广西桂林芳香厂无偿提供了青蒿素原料。SM224的油溶性大，易制成油针剂,上海第十制药厂蒋异山等负责油针剂的制备。定量分析的方法由上海市药品检验所王仲山等研究提供。1978年夏天，SM224临床前的各项研究工作在各单位的通力合作下顺利完成,只等有关部门审查批准临床试用。

对于这一个集体研究的新药,上海药物所副所长嵇汝运教授命名为蒿甲醚。英文名为Artemether。

3. 蒿甲醚临床试验一举成功

1978年，全国523办公室把经过审批的青蒿素衍生物蒿甲醚的首次临床试验安排在海南现场，由广州中医学院523临床研究小组承担。上海药物所的科研人员将临床用药送到海南并参加了临床观察。为了记述历史记录的真实性，现将SM224（蒿甲醚）首次临床试验的原始报告摘录如下：

"临床验证时间1978年7～9月，为海南疟疾流行高峰。临床验证现场选择在抗药性恶性疟流行地区、设备条件较好的东方县人民医院。

临床研究负责人为广州中医学院523临床研究组李国桥医师，东方县人民医院新医科郭兴伯医师。

临床资料，收治的17例病人中，脑型疟合并溶血者1例，恶性疟14例，间日疟2例。6例病人入院前服用过氯喹，其中2例已服完1个疗程。

治疗方案总剂量组分240毫克和480毫克两个组（每天肌注1次），3天为一个疗程。

疗效评价：

（1）'SM224'（蒿甲醚）治疗疟疾病人17例全部临床治愈。从原虫转阴和退热时间，两组疗效均比青蒿素水混悬注射剂1200毫克要快，使用方便。

（2）17例疟疾病人中有6例于投药前10天曾接受过氯喹治疗，2例已服完一个疗程，但症状仍在加重。使用'SM224'后疗效满意。初步证明蒿甲醚对抗氯喹恶性疟治疗效果可靠。

（3）'SM224'240毫克组，治疗恶性疟病人4例，一个月内原虫全部复燃。480毫克组治疗恶性疟11例，9例追访一个月，3例20天均未发现复燃。初步认为'SM224'治疗恶性疟总剂量480毫克为宜。"

以上是对青蒿素衍生物蒿甲醚首次用于临床试用的评价。虽然临床试用只有17例，但已经显示出这个青蒿素衍生物治疗疟疾病人的疗效比青蒿素优越。临床的结果与上海药物所的动物实验结果一致。

一个良好的开端是成功的一半。1978年海南现场临床试用成功的消息，令上海药物所科技人员受到极大的鼓舞，但大家更期待以后大规模的临床试验结果。大规模临床试验需要充足的药源。在全国523办公室的组织协调下，云南昆明制药厂承担了这个任务。1980年初夏，上海药物所的朱大元和殷梦龙到该厂，将陈仲良、殷梦龙研制的用钾硼氢替代钠硼氢的一步反应法扩大中试。昆明制药厂王典五总工程师主持了蒿甲醚及其油针剂的试产任务。

从1978～1980年的近3年时间，在全国523办公室安排下，蒿甲醚在海南、云南、广西、河南、湖北等疟疾流行区，按照统一的临床试用方案，共治疗疟疾病人1088例，其中恶性疟829例（包括确诊的抗氯喹99例，脑型疟56例），间日疟259例。各地临床治疗结果基本一致。829例恶性疟近期治愈率100%，其中用药600～640毫克者457例，在24～48小时内退热，疟原虫转阴。其退热和杀灭原虫的速度均超过氯喹等抗疟药。追踪治愈病人354例，一个月复发率为7%，远远低于青蒿素。因为肌肉注射给药，能方便地抢救危重恶性疟病人，尤其引人注目的是抗氯喹病例全部治愈。各地的临床试验报告，认为蒿甲醚具有高效（剂量小）、速效（退热快、血中原虫消失快）、毒性低（副反应轻，未发现与该药有肯定相关的毒性反应）、便于使用等优点。还认为有“两个独到”：在治疗抗氯喹恶性疟方面有独到之处，在制剂与疗效上有独到之处。有“两个可靠”：治疗危重型疟疾病人疗效迅速可靠，在抗氯喹地区治疗恶性疟疗效可靠。有“两个欢迎”：由于制剂改进，注射部位不再肿痛，病人特别是儿童愿意打针，医护人员乐意用药。

至此，蒿甲醚作为青蒿素第一个衍生物，顺利地完成了新药研究的各项要求。1981年1月20～22日，由全国523领导小组主持，在上海召开了疟疾治疗药蒿甲醚鉴定会。参加会议的有北京、广东、云南、山东、河南、四川等省市及解放军科研机构等37个单位的56名代表。国家科委、国家医药管理总局、解放军总后勤部、上海市科委、中国科学院上海分院、上海地区523办公室等领导部门的负责人和代表参加了会议。会议高度评价了蒿甲醚研究成果，认为这是继青蒿素之后的又一重要进展，建议有关部门积极创造条件，尽快组织生产。蒿甲醚于1996年12月获国家科委颁发的国家发明三等奖。

3. 青蒿琥酯双氢又添新品种

1977年6月，在上海召开了523化学合成药专业会议。上海药物所在会上介绍了青蒿素化学结构改造及其衍生物的构效关系的研究资料，以及提高青蒿素水溶性衍生物合成路线的思路。会后，广西地区523办公室鉴于广西青蒿资源丰富的有利条件，要求广西桂林制药厂开展青蒿素衍生物的研究。[47] 该厂刘旭参加了上海523合成药专业会议，听了上海药物所合成青蒿素衍生物的报告后，利用该厂的原料、中间体的条件合成十几个衍生物，由广西医学院、广西寄生虫病研究所负责效价和药理、毒性实验研究，其中代号804、887的效果突出。广西地区523办公室为此组成了广西青蒿素衍生物研究协作组，由广西芳香厂提供青蒿素原料，广西医药研究所负责元素分析，红外光谱、质谱、核磁共振等化学结构的测定，并请中国科学院生物物理研究所协助做了X–衍射的确证。

其中804–钠粉针（804使用时以注射用碳酸氢钠水溶液溶解生成钠盐），于1978年10月在广西宁明县进行临床试用。临床试验24例（其中恶性疟9例，间日疟15例），结果表明，804-钠粉针总剂量300毫克，治疗疟疾病人具有近期高效、速效和低毒的特点；但仍有近期复燃率较高的缺点。

804为青蒿素琥珀酸酯，命名为青蒿琥酯。1983年3月，WHO化疗科学工作组，建议开发青蒿琥酯作为治疗脑型疟的优先项目，并对青蒿琥酯制剂工艺、质控标准等表示关注。青蒿素指导委员（1981年以后成立的一个负责组织协调青蒿素研发的专门机构，见后述）根据WHO建议，组织上海医药工业研究院、军事医学科学院、医科院药物所、上海药物所、中国中医研究院中药所、广州中医学院、桂林制药一、二厂，广西医学院、广西中医学院、广西寄研所等单位对青蒿琥酯制剂，从原料药精制、制剂工艺改进、质量标准以及有关粉针剂无菌分装生产车间的管理、毒性实验到临床试验等方面，按照WHO提供的标准重新进行了研究开发。特别是在改进制剂工艺和建立青蒿琥酯血药浓度含测方法中，上海医药工业研究院、医科院药物所分别做出了重要成绩。

青蒿素指导委员会为青蒿琥酯重新研发，除统一组织科研力量，统一计划协调外，还提供了经费保障。1987年4月由青蒿素指导委员会申报，国家卫生部1987年4月6日向桂林制药厂、广西医学院、广西寄生虫病研究所、广州中医学院、上海医药工业研究院、军事医学科学院微生物流行病研究所、中国医学科学院药物研究所、中国中医研究院中药研究所8个合作单位颁发《新药证书》，编号：（87）卫药证字X-01号，新药正式定名为“青蒿琥酯”；其注射剂则由上海医药工业研究院、桂林第二制药厂、广州中医学院等合作完成，3个单位共同获得国家卫生部颁发的另一个《新药证书》。

青蒿琥酯在使用方面，可以静脉、肌肉注射给药，使青蒿素及其衍生物治疗疟疾增加了一个更易推广、使用更方便的剂型，丰富了青蒿素及其衍生物的使用。经过20多年的商品生产和临床应用，青蒿琥酯已经成为当今国际上医护人员救治脑型疟疾的首选药物。

新药青蒿琥酯的研制成功，在原来研究工作的基础上，于1982年~1987年的5年间，由青蒿素指导委员会按WHO新药要求标准，组织了国内较强的专业科技力量，给予经费的支持，完成了新药开发全部研究项目，包括后来组织开展国际合作的工作，又一次显示了全国大协作的优势。历史的事实表明，青蒿琥酯研制也不是一个部门、一个单位能够独立完成的。有人在医学杂志上发表文章称："青蒿琥酯的发明、研制形成生产力，在亚非拉30多个国家注册并迅速推广应用，由一个单位完成全过程"，[48]这种说法是不符合历史事实的。

1985年7月1日，我国卫生部发布《新药审评办法》，对新药审核增加了不少指标。在青蒿素指导委员会的组织协调下，有关协作单位又按照《新药审评办法》要求，补充了有关实验和数据，如按标准补做I期、II期临床试验，疗程的用药剂量也作了一些调整。青蒿琥酯和蒿甲醚分别作为一类新药，按照我国《新药审评办法》标准的要求通过国家新药审评，当时在国内成为新药审评的一个"样板"。

双氢青蒿素作为新抗疟药的开发是在523办公室和青蒿素指导委员会撤销以后，由中国中医研究院中药所研发的。

双氢青蒿素早在1975年，上海有机化学研究所在化学结构的测定研究中，为证明青蒿素是一个过氧化物，进行氢化——还原等实验，确定了青蒿素的内酯可被钠（钾）硼氢还原，并保留其过氧基团。该还原物称为"还原青蒿素"或"二氢青蒿素"，后命名为"双氢青蒿素"。[35]它是制备青蒿素衍生物的重要中间体。1978年，上海药物所在青蒿素衍生物的研究中，发现其抗疟效果比青蒿素更好。由于化学稳定性较差、溶解度低、抗疟效果不及其他衍生物，当时未被列为进一步开发的对象。

1990年，中医研究院中药所组织邀请了国内有关科研单位，包括医科院药物所、军事医学科学院微生物流行病研究所，重新对双氢青蒿素的抗疟药理和安全性进行了评价，与广州中医学院合作，开展了双氢青蒿素临床试用的研究，证明其具有良好的抗疟效果。双氢青蒿素于1992年研制完成获得新药证书，并由北京第六制药厂生产，北京科泰新技术公司推向国际市场销售。双氢青蒿素的重新评价，使青蒿素衍生物的抗疟药家族里又增添新的一员，使青蒿素类抗疟疾药物的应用又多了一个选择，也为后来双氢青蒿素复方的研制提供了重要的条件。

但是，值得一提的是，有的人在一些报纸杂志和互联网上称：双氢青蒿素是某人于1973年创制的。[49] 众所周知，青蒿素的化学结构是1975年以后才确证的，如果有人能先于青蒿素化学结构确证之前就“创制了双氢青蒿素”，也就没有必要组织那么多的人力、财力，用那么多的时间、高精仪器设备，再去进行青蒿素的母核和各个基团结构的研究了！因为如果不是先确定了青蒿素的化学结构，又如何知道它的衍生物——双氢青蒿素的化学结构呢？因而“先于青蒿素化学结构确证之前就创制了双氢青蒿素”的说法是缺乏科学根据的。

七

通向世界道路曲折

1. 发表论文WHO寻求合作

随着“文革”的结束，全国各种科技活动逐渐活跃，各种学术会议相继召开和学术期刊陆续恢复出版发行。从1967年开始，523抗疟药的研究，10多年来已经积累的大量科学数据和资料，《科学通报》1977年刊发的青蒿素化学结构论文，是以青蒿素化学结构研究协作组名义发表的。1979年英文版的《中华医学杂志》以青蒿素研究协作组名义发表了青蒿素的抗疟作用的论文，公开了实验研究和临床研究的数据。此后，一篇篇由科技研制工作者个人署名的青蒿素论文，陆续出现在学术期刊上。

在我国抗疟新药青蒿素成果公布后，1979年初，上海药物所化学合成研究室李英将完成的青蒿素衍生物的研究工作写成简报，向《科学通报》投稿，于1979年下半年刊出。该所药理研究室顾浩明等在1980年《中国药理学报》创刊号上，发表了标题为《青蒿素衍生物对伯氏疟原虫抗氯喹株的抗疟活性》的论文，报道了25个青蒿素衍生物的抗鼠疟活性（SD_{90}）。同年，广西桂林制药厂刘旭也在《药学通报》上报道了青蒿琥酯的合成。所有这些，都引起了世界卫生组织（WHO）和国外有关机构的高度注意，不断跟踪搜集我国青蒿素的研究信息。

1980年12月5日，WHO总干事马勒（Mahler）博士致函我国卫生部钱信忠部长称，鉴于多种抗药性恶性疟原虫株的蔓延已构成对当今世界的一个严重威胁，WHO疟疾化疗科学工作组迫切希望近期在中国召开一次抗疟药青蒿素及其衍生物的研讨评价会议，探讨帮助中国进一步发展这类新药的可能性。卫生部同意后，我国与WHO长达6年的合作从此开始。

2. WHO在北京举行研讨会

经过一年的准备，由联合国计划开发署、世界卫生组织（WHO）疟疾化疗科学工作组（SWG-CHEMAL）主持的青蒿素及其衍生物学术讨论会，于1981年10月6~10日在北京召开。这是WHO疟疾化疗科学工作组的第4次会议。为了准备好这次会议，国内从事药物研究的单位，包括军事医学科学院、中国医学科学院药物研究所、中国科学院上海药物研究所以及北京中药所等集中了研究技术力量，分别对青蒿素研究中的薄弱环节，尤其是在药理、毒理和药物代谢的研究方面，及时补充了有关研究实验数据。

这次会议是WHO疟疾化疗科学工作组第一次在日内瓦总部以外召开的会议，是专为我国发明的抗疟药青蒿素及其衍生物进行全面评价和制定发展规划的一次重要的国际会议。出席这次会议的有WHO疟疾化疗科学工作组成员，印度中央药物研究所所长阿南德（N.Anand）教授，美国国立卫生研究院药物化学部主任布鲁西（A.Brossi）博士，美国华立特里德陆军研究所实验治疗部主任坎非尔德（C.J.Canfield）上校，英国伦敦热带病医学和卫生学院原生动物研究室主任彼德斯（W.Peters）教授，WHO官员温斯多佛尔（W.H.wernsdorfor）和屈立格（P.I.Trigg）及东南亚地区疟疾顾问克来德（D.F.Clyde）博士等。中国方面出席会议的有主要管理部门和研究单位的领导、代表和部分药理、药化专业的专家。他们是陈海峰、顾浩明、何斌、嵇汝运、季钟朴、金蕴华、李国桥、梁晓天、刘尔翔、刘静明、刘锡荣、刘旭、沈家祥、宋振玉、滕翕和、屠呦呦、王佩、王同寅、杨立新、朱海、周克鼎、周维善、周廷冲、周钟鸣；以及多名列席代表等。会议两主席由阿南德教授与我国卫生部科技局局长陈海峰担任。

学术会议报告7篇论文，均由我方代表宣读。主要内容包括：青蒿素的分离和结构测定、青蒿素及其衍生物的化学和合成研究、抗疟效价和作用机制的初步研究、药物代谢与药代动力学研究、急性亚急性及特殊毒性实验报告和临床研究报告等。每篇论文宣读后都进行提问、解答和充分讨论。最后分为化学、药理毒性和临床3个组，并作更深入的交流和讨论。

会议开得很成功，学术报告的反应十分强烈。疟疾化疗科学工作组在会议总结报告中，首先肯定了青蒿素及其衍生物的抗疟作用，并给予高度评价。报告指出："合乎理想的新药都应具有新的结构和作用方式，这样可能会延缓抗药性的产生，从而它可以有较长的使用期限。此外，也还需要有一种易耐受、安全、作用快的制剂来治疗重型恶性疟疾，特别是脑型疟。显然，中国抗疟药青蒿素是符合上述主要要求的。因为它具有新型的化学结构，作用方式似乎与现有杀裂殖体药物不同，并有速效特点。”

会议主席阿南德教授也指出：“青蒿素的发现和青蒿素衍生物的研究成功，其重要意义在于该类化合物的独特结构以及抗疟作用方式是和任何已知抗疟药毫无雷同之处。这就为今后设计合成新抗疟药提供了新的路子。因此，青蒿素类化合物对抗氯喹原虫株有效就不足为奇了。”

鉴于在东南亚、西太平洋、南美洲以及东非抗氯喹原虫株的迅速蔓延对人类造成的灾难，会议迫切希望中国科学工作者与WHO疟疾化疗科学工作组密切合作，共同推进这类化合物的研究与发展。会议要求中国严格按照国际标准，早日完成临床前必须完成的工作，包括完善剂型和早期怀孕妇女胚胎毒性和致畸胎可能性的研究，争取在最近两年内完成，以便大规模推广运用此类新药。

会议最后通过了《青蒿素及其衍生物发展规划》，提出了近两年和远期应当继续研究的课题；制定了世界卫生组织疟疾化疗科学工作组与中国合作研究初步计划。为加强对这项工作的领导与研究计划的顺利实施，WHO建议中国尽快成立相应的管理协调机构，以便与WHO秘书处联系，并在国内协调这一规划的实施。WHO将在文件规定范围内对这一项目提供支持与资助。有关这次会议的论文和技术资料，将由疟疾化疗科学工作组以WHO作为丛书形式出版发行。

会后，在对这次国际学术会议进行评价时，有关部门领导和与会科技人员认为，通过会议，显示了我国医药科研新的成就和水平，加强了与国外的学术交流，推动了我国医药学研究的开展；同时也看到我国在新药研究工作上，特别是在药物制剂工艺和临床前药理毒理研究方面，与国际标准要求还有很大差距，有些研究领域还有薄弱环节，甚至空白。大家感到，能找到自己的差距也是一种进步。与会不少科技人员满怀激情地说，过去我们封闭太久，不了解国际上的情况，现在有了一个好的规划，借助与WHO合作的有利条件，有可能尽快把我国新药研究提高到一个新的水平。大家对与WHO未来的合作都寄予很大期望。

会议期间，国家卫生部、国家医药管理总局的有关领导多次到会。国家卫生部钱信忠部长在会议结束后会见了出席这次会议的WHO疟疾化疗组全体成员和其他国际友人。

3. 青蒿素指导委员会成立

随着国内外形势的发展变化，1980年8月27日，国家卫生部、国家科委、国家医药管理总局（原为全国523领导小组成员单位，“文革”期间与石油化工部合并，“文革”结束后又恢复为国家医药管理总局）、总后勤部联名向国务院、中央军委呈报了“建议撤销全国疟疾防治研究领导小组的请示报告”，汇报了523科研任务的完成情况，以及13年来取得的科研成果和提供药品援外战备的情况。根据国家对国民经济实行调整，改革的方针，建议撤销全国和地区疟疾防治研究（523）领导小组及其办事机构。经国务院批准，从1981年开始，把这项科研任务继续作为国家医药卫生科研重点项目，纳入有关部、委，省、市、区和部队的经常性科研计划之内。

1981年3月，四部委、局（国家卫生部、国家科委、国家医药管理总局、总后勤部）在北京召开了各地区疟疾防治研究领导小组、办公室负责同志工作座谈会。国家卫生部黄树则副部长代表全国523领导小组做了工作总结。国家卫生部钱信忠部长，总后勤部张汝光副部长，国家科委武衡副主任、国家医药管理总局*胡昭衡局长等负责同志讲了话。向110个单位颁发了奖状，向长期从事组织管理工作的105名同志授予了荣誉证书，并对下一步的科研任务和523专职组织管理人员的安排提出了要求。

523任务和管理组织机构撤销后，为了适应新出现的局面，加强与WHO等机构的合作与联系，组织和协调国内正在研究和开发的青蒿素及其衍生物等项目，完成青蒿素及其衍生物的研发任务，根据WHO的建议，1982年3月20日，国家卫生部、国家医药管理总局决定联合成立“中国青蒿素及其衍生物研究开发指导委员会”（以下简称青蒿素指导委员会）。国家卫生部科技局局长陈海峰担任主任委员，中医研究院副院长王佩和国家医药管理总局科教司工程师佘德一担任副主任委员，各有关主要研究单位的领导和有关专家分别担任委员和顾问；为了加强与WHO等国外机构联系，先后聘请国家医药管理总局金蕴华、沈家祥总工程师等担任顾问。他们为我国青蒿素及其衍生物与国外的合作发挥了重要的作用。

青蒿素指导委员会下设秘书处，由周克鼎、张逵、李泽琳、王秀峰、朱海组成。另设化学、药理、临床与临床药理、制剂4个专业协作组。在全国523领导小组及办公室撤销后，青蒿素指导委员会是我国青蒿素及其衍生物开发研究的组织者，在筹划建设青蒿素的生产基地，组织产品的生产、质量管理，促进与国外交流，推进与WHO和国外制药企业的合作，引进先进技术和新药管理制度等方面，在新的发展时期，担负起统一领导和协调内外关系新的管理重任。它的成

*从全国523领导小组单位原国家石油（燃料）化工部分编组建的药品生产管理机构

立在我国青蒿素及其衍生物研发历史中发挥了重要的作用。

4. GMP检查条件未获通过

经过一系列的协商和准备，1982年2月1～14日，WHO疟疾化疗科学工作组派秘书曲立格（Trigg）博士和科学顾问海佛尔（N.Heiffer）、李振钧（C.C.Lee）博士访华。他们先后参观访问了北京、上海、桂林、广州有关科研单位和药厂。最后由陈海峰主持与他们协商，就我国与WHO两年开发研究项目的技术要求和资助问题初步达成了合作协议。为了提供药物给国外临床试用和国际注册，计划在两年内按照国际标准完成青蒿素（口服）、蒿甲醚、青蒿琥酯（针剂）制剂的质控标准、临床前药理毒性实验资料和临床I、II和III期等6项课题的研究工作。WHO向中方提供人员培训、仪器设备和纯种实验动物等。

1982年3月，WHO疟疾化疗科学工作组在日内瓦召开全体会议，对1982年2月在中国签订的研究合作计划，只确认青蒿琥酯作为治疗脑型疟的优先开发项目，同时提出了对该制剂生产工艺的关切；并向我方提出将派FDA（美国食品药物管理局）技术人员访华，进一步了解药厂生产与管理方面的情况。

为迎接WHO及FDA人员前来进行GMP检查，青蒿素指导委员会拨出专款，支持桂林第二制药厂生产青蒿琥酯的粉针剂车间和昆明制药厂生产蒿甲醚的油针剂车间进行技术改造，增加一些必要的净化和空调等设备。上海医药工业研究院和军事医学科学院派专家协助药厂培训技术骨干，建立健全生产管理的规章制度和技术操作规程。对实验室研究单位，青蒿素指导委员会积极支持改善实验条件、学习掌握GLP规范，提高研究工作质量。在临床研究方面，中医研究院中药所药理研究室与广州中医学院523临床研究室密切合作，依照国际标准在国内率先进行了青蒿素栓剂的I期临床试验研究。

按照国际惯例,新药在国外注册前必须要有一个公认的法定机构派员对生产厂的生产条件和生产管理进行实地考察并做出评语,即所谓GMP检查。根据WHO的提议并经我国政府批准,美国食品药物管理局(FDA)检查员泰斯拉夫(Tetzlaff)在WHO疟疾化疗科学工作组秘书曲立格博士陪同下,于1982年9月21~28日到昆明制药厂和桂林第一、第二制药厂进行GMP检查。其中对桂林制药二厂生产青蒿琥酯制剂的无菌车间进行了重点检查。检查的程序是,先由FDA检查人员讲述对制剂生产的GMP要求,结合工厂实地情况逐项对照进行检查,并核对生产原始记录等;然后提出问题,组织药厂的技术人员讨论,最后写出检查报告。

对桂林制药二厂生产青蒿琥酯针剂无菌车间GMP检查的评语是:“在生产上缺乏严格的管理制度;在技术要求上,特别是制剂车间的无菌消毒和测试方法还缺乏科学依据;在厂房设计与设备维护方面尚不够合理。”结论是:按照上述条件,桂林第二制药厂生产青蒿琥酯静脉注射针剂车间不符合GMP要求,其生产的制剂不能用于中国以外地区的临床试验。

对昆明制药厂的GMP检查,FDA人员虽未写出详细检查报告,但表示存在的问题与桂林制药二厂是类似的。为了在我国物色找到一个能够符合GMP要求的工厂生产青蒿琥酯针剂,以便尽快提供国外进行临床试验,后又对被认为当时是我国国内条件最好的上海信谊制药厂进行检查,但FDA人员检查结论还是一样。

虽然这次接受美国FDA的GMP检查的我国的几个制药厂的制剂车间都未能通过,但对药厂和我国的陪同人员,都是一次学习GMP、认识GMP难得的机会,在观念上改变了以往对GMP高不可攀的认识,认识到建立和健全GMP规范化生产,并不是一味要追求物质条件，而首要的是生产管理人员和技术人员素质的提高。

FDA的GMP检查员泰斯拉夫解释说:“严密的规章制度与科学的生产管理方法,目的是为了保证工厂生产的药品全部符合质量控制标准，才能达到安全有效。”他还把GMP含义简要地概括为两个字：一个叫“writing”（写），一个叫“signature”（签名）。意思是从药物生产的第一步配方投料开始,到产品出厂,对每一道工序操作的程序与技术要求,都要用书面的条款写下来,让技术人员都知道应该怎么做,不应该怎么做。同时在执行过程中对每一道工序或每一项技术检查,都要做详细文字记录,执行的技术人员和检查的主管人员，也都要在记录上签名以示负责。

在桂林制药二厂，泰斯拉夫还为大家做了多次实地示范演示，给大家留下了深刻印象。在无菌生产车间的实验台两侧,各摆放着一排未贴“消毒”和“已用过”标签的玻璃杯。泰斯拉夫让在场的人员都转过脸去，他从实验台上拿起两个杯子向大家发问：“谁知道哪一只杯子是干净消毒的？”当然大家回答不出来,就连主管这个车间的技术人员也回答不出来。泰斯拉夫严肃地说：“这就是GMP。看似简单的事，但实际执行起来就不简单了。”

而我们恰恰在这些方面做得很不够。一位厂方技术负责人感慨地说：我们过去往往把“习惯”或“经验”代替科学和规章制度。因此，通过FDA的GMP实地的检查，使大家颇受教益。认识到学习GMP，执行GMP和检查GMP不再是一句空话，更不是为了应付上级检查,可以蒙混过关了事的,而是为了保障千百万人用药的生命安全和身体健康的大事;也是为了工厂企业自身的生存和发展的大计。

5. 合作谈判无结果而告终

由于制剂车间未能通过GMP检查，我国与WHO的合作亮了“红灯”，不但影响到青蒿琥酯制剂的生产，也直接影响到临床前一系列研究工作，包括制剂工艺、稳定性和药理毒性等研究的进行。事态严峻，情势紧迫！为此，我国卫生部科技局局长、青蒿素指导委员会主任委员陈海峰于1982年9月30日约见了WHO疟疾化疗科学工作组秘书曲立格博士，就双方下一步的合作交换了意见。曲立格博士提出了两条可供选择的途径。其一，由中国新建一个符合GMP的生产青蒿琥酯针剂的车间，但国际注册可能要推迟3～5年；其二，与国外合作，利用国外设备加工一批符合GMP标准的制剂，尽快完成国际药物注册所需要的临床前药理毒性研究，同时在中国国内加快建立GMP车间，以备后期生产使用。

青蒿素指导委员会认真研究了曲立格博士的建议，权衡利弊，认为争取时间尽快完成药物国际注册乃为上策；便于1982年11月11日致函WHO疟疾化疗科学工作组，表示同意探讨在国外合作加工一批青蒿琥酯制剂的可能性，同时表示如条件许可，还可以考虑包括临床前药理毒性研究工作与国外进行全面合作（因为担心实验室GLP条件对国际注册的影响），并希望WHO提出具体的合作研究单位与合作计划方案。

1983年1月4日，青蒿素指导委员会接到曲立格博士的复信。复信表示考虑推荐美国华尔特里德陆军研究院（Walter Reed Army Institute of Research）与我国合作青蒿琥酯的开发研究。2月14日，曲立格博士专程赴美国与华尔特里德陆军研究院进行磋商。美方决定于5月30日派国防部国际卫生事务局（International Health Affair）布朗（Brown）上校和华尔特里德研究院海佛尔（Heiffer）

博士访问我国，讨论有关青蒿琥酯合作研究事宜。鉴于事前对美国来华谈判方案一无所知，时间又那么仓促，青蒿素指导委员会担心谈判难以取得满意结果，便于5月24日函告WHO推迟美方访问，并要求对方提前把合作方案送交我方。12月22日，曲立格寄来《青蒿琥酯的研究合作协议书》正式文本，并称《协议书》已为WHO和美国国防部（DOD）同意，希望我方尽快安排三方会晤时间。

接到《协议书》的第二天，即1983年12月23日，新任卫生部科技局局长、青蒿素指导委员会主任委员许文博召集会议，对WHO和美国国防部起草的《协议书》进行了认真讨论。也可能是由于不同文化对《协议书》内容的不同理解，当时我们认为《协议书》不是建立在“平等互利”和“友好合作”基础上，而是以“条法”企图把我方手脚捆住，与会人员对此极为不满，对《协议书》提出了很多实质性的修改意见和建议。

1984年2月17日，WHO热带病处处长卢卡斯来信，告知我方将于1984年3月13日来华讨论《青蒿琥酯的研究合作协议书》事宜。

1984年5月3日，卫生部、国家医药管理局联合向上级提交关于批准《合作研究青蒿琥酯协议书》的请示。

从1982年9月WHO向我方推荐与美国华尔特里德研究院合作研究青蒿琥酯，到1984年10月双方同意初步合作研究青蒿琥酯的草案，已历时两年。其间，往来信函公文不计其数，对各方权利和义务的争议不断，但三方始终未能同坐在一张桌子上进行过实质性的讨论。

出乎意料的是，在这一期间，国外研究青蒿素的势头之快令人感到吃惊！1982年，瑞士罗氏药厂对青蒿素进行了人工全合成。美国华尔特里德研究院在本土采集的青蒿已分离出青蒿素，测定了理化常数，并准备发表研究结果。出席1981年10月WHO在中国召开的青蒿素及其衍生物学术报告会的印度、英国等国专家，在回国后有的开始进行青蒿引种栽培、育种和种植试验，有的开始进行青蒿素药理学研究等。正如WHO热带病处卢卡斯（Lucas）处长当时所警告的那样："你们研究的东西有被别人抢走的危险。"当然，他当时这样讲，目的是敦促我方不要在《协议书》问题上与美国讨价还价，实际上也是挑明了：你们已经没有什么密可以保了。卢卡斯的讲话一针见血！在这种情况下，我方不得不请WHO对某些国家和机构施加影响，要求他们尊重中国的发明权和处理好双边关系，以利于今后的合作。但这种"劝说"是徒劳的，因为我们已经将青蒿素及其衍生物的发明公开了。

青蒿琥酯由WHO协调与美国的合作，经过两年反反复复的纷争，最终以没有谈判而结束谈判。

6. 蒿甲醚蒿乙醚又起风波

蒿甲醚与蒿乙醚同属于二氢青蒿素醚类衍生物，可称为一对"姐妹花"。上海药物研究所科技人员于1977年首次合成，并于1979年在《科学通报》和1981年的《药学学报》上公开了它们的合成方法、物理常数和抗疟活性。蒿甲醚的抗疟效果比蒿乙醚高1倍，我国审批注册为一类新药。但是，WHO却在1985年决定开发蒿乙醚。他们为什么不支持抗疟效果更高，并且已经通过临床试验证实的蒿甲醚，而要另起炉灶开发蒿乙醚？这一决定实在令人不解。

风源来自何方？这还得从头说起。

1985年上半年，WHO SWG-CHEMAL成员，美国国立卫生研究院药物化学部主任布鲁西（A.Brossi）博士一行，访问上海药物研究所。科技人员向客人介绍了蒿甲醚的研究情况。当时蒿甲醚已经在昆明制药厂成功生产，其特点是疗效高、毒性低、化学稳定性好、与氯喹无交叉抗药性。来访的客人对稳定性好这一特点非常感兴趣，因为他们在1982年把青蒿琥酯作为治疗脑型疟药物优先开发项目，进展一直不很理想。不知道是什么原因，后来从WHO SWG-CHEMAL又传出蒿甲醚在体内会降解成甲醇而导致毒性加大的说法。

1986年4月6～7日，经过一年的酝酿和准备，疟疾化疗科学工作组在日内瓦召开的会议上，制定了全面开发蒿乙醚的计划。布鲁西博士在会上所作的蒿乙醚的开题报告中称："疟疾化疗科学工作组指导委员会，在1985年就决定了蒿乙醚而不是蒿甲醚作为疟疾化疗科学工作组研究开发的重点药物。"在谈及为什么选择蒿乙醚的理由依据时，布鲁西博士说："根据文献报道，这两个化合物虽然具有同等抗疟效价，但选择蒿乙醚可以避免蒿甲醚在体内分解出甲醇，继而转化为甲醛和甲酸而显示毒性。而这一情报的来源，据说是从中国一位科学家个人通信中获得的。

值得人们回味的是，当时以一条"个人通讯"所获得的信息，既没有与上海药物研究所交换意见，也没有进行科学试验就改变了与中国合作的初衷，而单方面去开发蒿乙醚。对此，很多中国科学家也很难予以理解。

其实，在WHO SWG-CHEMAL会议宣读的一篇《蒿乙醚未来研究开发计划》列出要进行的8个项目中，有一半项目是支持优化、培育青蒿资源，提高青蒿素生产能力，以及加强由青蒿素转化为蒿乙醚技术的研究。同时在考虑长期供药的问题上认为，除中国具有丰富的青蒿资源外，在美国、欧洲和亚洲，均有人已经从青蒿植物中分离出青蒿素。但在中国以外进行商业性的青蒿素生产和大规模转化蒿乙醚的工作还需要继续进行。由此不难看出，WHO SWG-CHEMAL开发蒿乙醚，实际上是对与中国合作缺乏信心，这也就不难理解为什么谈判两年没有结果了。

以后，我们也不太了解WHO SWG-CHEMAL在研究开发蒿乙醚进程中，是因为遇到了什么困难还是出于其他方面考虑，1987年2月26日，WHO/TDR（热带病研究与训练署）秘书Dr. Wernsdorfer和西太区RO/TDR官员Shriai先生访华，向我国提出共同合作开发蒿乙醚的意向。鉴于该药与我国批准生产的蒿甲醚属于同类化合物，为了避免在国际上与我国的蒿甲醚竞争，我方经研究同意与其合作。

1987年10月16日，WHO/TDR的Dr.Godal处长等一行3人来华访问，就合作开发生产蒿乙醚事项与国家医药管理局达成了协议。但后来又不知道是什么原因，WHO/TDR对该协议未予批准执行。

事隔两年后，我们才发现WHO/TDR与荷兰ACF公司签订了合作开发蒿乙醚的协议。其财政预算计划（1990～1996年）约为600万美元，包括研究开发Artelinate（二氢青蒿素的苯甲酸醚）的水溶性制剂，青蒿资源及生产青蒿素等。他们在研究过程中，发现了蒿乙醚对动物的神经毒性很大，于是把神经毒性的研究扩大到我国研制成功的蒿甲醚、青蒿琥酯、青蒿素。他们的研究结果表明，青蒿琥酯和青蒿素对神经的毒性小，而油溶性的蒿甲醚对神经虽有一定毒性，但小于蒿乙醚。事实与他们原来推断的“蒿甲醚毒性大，蒿乙醚无毒”大相径庭。然而，蒿甲醚对神经有毒性（尤其是对听觉神经的毒性），在多年大规模临床应用中始终也没有发现。

蒿乙醚临床试验结束时，一个疗程的总剂量定为960毫克，比蒿甲醚高1倍。这个临床试验结果和早年上海药物研究所的动物试验结果完全一致。2000年，蒿乙醚上市了，但在申报进入WHO的基本药品目录时没有获得成功，是什么原因不得而知，可能是因为同类型的蒿甲醚、青蒿琥酯已经率先于1995年进入该目录了；也可能是蒿乙醚对神经系统的毒性比蒿甲醚大,而且剂量大成本高的缘故。其他的研究项目包括Artelinate水溶性制剂和青蒿素资源的开发等，也未见有后续的报道。

此后若干年,我国的昆明制药厂和桂林制药厂，虽然也生产了青蒿素产品，但由于生产条件GMP标准未能与国际标准衔接，产品很难直接在国际市场立足销售。西方的某些大制药企业却利用他们的已有基础,与我国生产青蒿素产品的药厂进行合作,低价购买这些药厂的半成品或成品，进行“加工”，换成他们的包装后，成为他们企业的品牌“产品”，以高于数倍或十几倍的价格在世界各地出售。有个别国外企业甚至在我国购买青蒿素原料,仿制加工成各种产品后高价出售。时至今日,尽管我国生产青蒿琥酯的桂林制药厂和生产蒿甲醚的昆明制药厂，早已实施了GMP生产管理，产品质量符合要求,但令人尴尬的是,它们仍然只能作为一些国外制药公司的原料生产基地。世人只知道青蒿素是这些大公司的产品。在WHO采购的青蒿类产品名单里，在这之前也没有中国生产青蒿素厂家的名字。我国的青蒿素产业仍然没有摆脱被动受制于人的局面,本应属于青蒿素发明国的利益仍没有充分完全体现。这不能不说是从事青蒿素研究的科技人员和生产青蒿素的企业的最大遗憾。

当然，我们在与WHO合作过程中，也受益颇多。一是看到我们在新药研发中之不足,明确了我们应该努力的方向,从中学到许多新东西，同时还通过WHO引进了新的管理概念和模式、方法以及新的技术。我国一些从事青蒿素研制工作的科技人员得到资助到国外学习。WHO也派专家来华举办药物血液浓度测定技术方法等培训班，对推进青蒿素的临床药理研究起到了很大的作用。

通过与WHO的合作,使我们的科技人员感触良多。通过交流，我们不得不自问:为什么我们能创出青蒿素及其衍生物世界一流科技成果，却不能制造出符合国际标准的世界一流药物？

走出封闭，通过交流，我们还应该自问：为什么我国科技人员有能力、有智慧发明青蒿素和青蒿素衍生物，却保护不了自己发明的科研成果？在国内，一项技术产品可以凭借国家的技术保护政策，也许能够保护7~8年。但是，到了国际上，由于我们公布了青蒿素和衍生物的化学结构，就失去它的发明专利权，人家就可以不买我们的账，一边与我们洽谈合作，另一边就干起来了。

“往者不可谏，来者犹可追”。通过与国外的“合作”，我们学会思考，知道自己的薄弱之处；学会总结教训，激起了自强的决心！

八

为了造福全球疟疾病人

1. 学后反思要兴业须靠自强

在这次国际合作活动中，我们深感对药品的国际标准知之太少。由此，我们也开始认识到，新药研制开发如不与国际接轨，就走不出国门，进入不了国际市场。

虽然，与WHO和美国华尔特里德研究院合作研究青蒿琥酯进展得不够顺利，结局也不尽如人意，但由于青蒿素指导委员会在合作谈判初期，尤其是在药厂GMP检查遭遇"红灯"之后，已预料到在未来合作中的复杂性和不可预测性，果断采取了“两条腿走路”的方针，依靠全国大协作的优势，认真学习掌握WHO提供的国际标准与技术方法，加上得到国家财政部的专款支持，最终还是如期地完成了青蒿琥酯和蒿甲醚的开发研究，并顺利地通过了国家药政部门的审查批准。这是我国按照国际标准开发新药的一次尝试，也是对我国新药开发科技力量的一次考验。

我国新药评价与审批管理制度，在20世纪80年代初期尚不健全。当时，我国尚无专门从事临床药理研究的机构，临床药理科技人员力量薄弱，临床前药理毒性，特别是特殊毒性的研究几乎是空白。我国制药厂生产的青蒿素类抗疟药不能为国际所公认。

关于青蒿素抗疟药的安全性问题，全国523领导小组和后来的青蒿素指导委员会都非常重视。[50] 1981年，我国还没有实施GLP管理规范，没有一个合格的GLP实验室，但是已经了解到国际上对药物安全性评价的毒性试验，必须在GLP规范管理的实验室内进行；因此就按照GLP意识和要求比较系统地进行了青蒿素油混悬剂对大动物（猴）的14天长期毒性实验。结果表明：3倍临床治疗剂量组的猴子无任何毒性反应，6倍剂量组（48MKD）的动物出现一过性的网织红细胞减少，超过12倍剂量组（96MKD）的动物才出现明显毒性反应。毒性表现为造血功能严重抑制，心肌受损，出现了神经毒性，1/6动物死亡于心力衰竭。按照上述毒性剂量设计方案，又用狗做了14天的长毒试验，其结果与猴子的毒性反应类同，但症状较轻，无动物死亡。因此，可以认为，青蒿素对治疗抗药性恶性疟疾和作为重症疟疾的急救药是最安全的。

此后，青蒿素指导委员会便借助WHO疟疾化疗科学工作组提供的研究设计方案和来华专家的指导，于20世纪80年代初期，在国内率先按照国际标准对青蒿素类抗疟药进行研究，开创了我国按照国际标准研发新药的先河，在一些领域填补了空白。

中医研究院中药所药理研究室由李泽琳教授主持，开展了青蒿素类抗疟药致突变和生殖毒性试验研究，消除了人们对青蒿素类药物可能发生类似20世纪60年代在德国发生的“反应停事件”悲剧重演的担心。1983年曾美怡教授阐明了紫外分光光度法测定青蒿素化学反应机理；1986年赵世善在此基础上，在国内首先建立了青蒿素高效液相色谱法，成功地用于动物和人体血浆和唾液以及植物中青蒿素的测定；周钟鸣教授率先在国内临床上对疟疾患者用青蒿素栓剂后的药物代谢动力学的研究。1986年曾美怡教授建立了本芴醇的高效液相色谱法，为以后人体血浆浓度测定奠定了基础。

军事医学科学院微生物流行病研究所药理毒理研究室，由滕翕和教授主持开展的青蒿素类抗疟药长期毒性试验研究，为力求达到GLP规范化要求，在组织科技人员技术练兵的同时，草拟了毒性实验、检验项目各种标准化操作规程（SOP），为最后实验研究工作总结提供了完整、科学而且有说服力的数据资料，受到药物评审部门高度的评价。这也是国内首次按GLP规范的要求对药物进行临床前安全性评价。

军事医学科学院放射医学研究所宋书元教授在动物的毒理试验研究中，经过仔细的观察，发现大剂量青蒿素可使实验动物的早期网织红细胞数下降。这一发现成为后来青蒿素类药临床用药毒性监测的重要指标方法之一。

中国医学科学院药物研究所，由宋振玉和杨树德教授主持开展了青蒿素类抗疟药临床药代动力学的研究，建立的放射免疫测定法和还原型电化学极谱检测高效液相色谱法（HPLC-Ee），为制定临床给药方案提供了科学依据。

广州中医学院疟疾研究室，由李国桥教授主持开展的青蒿素类抗疟药Ⅰ期临床试验，以健康人为试验对象，观察了解药物临床的不良反应和耐受性。这在我国过去的临床研究是无先例的。为了与国际接轨，国家卫生部药政局批准由广州中医学院负责组织实施。试验监督人（monitor）由卫生部药检所朱燕担任。这是我国首次按照WHO提供的青蒿琥酯、蒿甲醚Ⅰ期临床试验设计方案，对健康成人志愿者进行耐受性和药代动力学的双盲试验。

为进一步掌握国际药物注册对申报文件资料的要求，在国家医药管理局沈家祥教授指导下，青蒿素指导委员会组织滕翕和、邓蓉仙、赵秀文、曾美怡等教授，按照国际药物注册规格与要求，对青蒿琥酯、蒿甲醚的申报注册材料进行了全面修改和通篇翻译，请WHO疟疾化疗科学工作组的知名专家和顾问协助审查。他们提出了很多有益的意见和建议。

经过10多年的探索研究和各有关单位通力合作，从青蒿素改造衍生出来的蒿甲醚的油针剂和青蒿琥酯的水针剂，于1987年被国家卫生部批准生产。1987年9月11日，国家卫生部为此召开新闻发布会，宣告蒿甲醚、青蒿琥酯针剂和青蒿素栓剂，作为治疗抗药性恶性疟和抢救脑型疟病人的特效药研制成功，开始投入市场。[51][52] 1992年，我国又批准了双氢青蒿素片剂和蒿甲醚－本芴醇复方投产。1998～2004年，国家药品监督管理局又先后批准颁发了青蒿素－萘酚喹复方、双氢青蒿素－哌喹系列复方等多个新药证书和生产批件。

从1985年我国开始实行新药评审规定到1995年，全国总共批准一类新药14个，其中青蒿素类抗疟新药就占了7个。这充分说明与国际接轨对新药研究所赋予的活力，同时也表明青蒿素类药在我国新药研究历史中所占的地位。

2. 首个吨级青蒿素工厂建成

早在1978年由国家卫生部、国家医药管理局、解放军总后勤部联合发文下达紧急生产青蒿素任务的过程中，虽然，有关单位较好地完成了战备用药的生产任务，但也发现存在一些亟待解决的问题。一是对青蒿资源掌握和储备得不够充分；二是原有的几种工艺与工业化规模生产的条件仍有较大差距。因此，尽快建立青蒿素工业化生产的设施，被提到有关部门的议事日程。

20世纪70年代组织的全国青蒿资源调查，已经发现四川省酉阳地区的野生青蒿蕴藏量大、品质优良、青蒿素含量高，且呈群落分布的特点。当时，青蒿素科研、临床需要的青蒿素原料，大部分是从来自酉阳地区的青蒿草提取的。青蒿素指导委员会考虑到开发和保护酉阳地区的优质青蒿资源，对实现我国青蒿素及其衍生物产品商业化的重要意义，于1983～1984年拨专款，组织科技人员开展酉阳地区优质青蒿资源的调查，并就在酉阳建立青蒿种植基地和青蒿素工业化生产厂可行性的研究。

在青蒿素指导委员会的建议和推动下，1986年7月，四川省酉阳县开始筹建青蒿素提炼厂。为了保证我国自行研究设计的第一个吨级青蒿素工业化生产工艺的性能，同时考虑到酉阳地区处于贫困山区缺乏技术和经费，根据优势互补的精神，青蒿素指导委员会拨专款支持山东省中医药研究所研究青蒿素的生产工艺和解决武陵山制药厂的生产设备，同年11月由四川省医药管理局和省卫生厅批准成立了武陵山制药厂。1987年7月，武陵山制药厂与山东省中医药研究所签订了《青蒿素原料药生产的工艺技术转让合同》，经过青蒿素工业化的小试和中试，成功生产出合格的青蒿素产品。国家卫生部、国家医药管理局于1987年9月在新闻发布会宣布，我国吨级的青蒿素厂建成投产。它是我国也是世界第一个工业化生产青蒿素的工厂。

为了扩大青蒿素产能，解决蒿甲醚等终端产品的原料来源，在青蒿素指导委员会的支持协调下，昆明制药厂与四川武陵山制药厂经过协商，双方同意建立生产青蒿素的合作关系，并签订了联合生产青蒿素的协议。协议明确由昆明制药厂负责把好青蒿素的生产质量关，并向武陵山药厂投资20万元。有力地推动了我国青蒿素的产业化。1987年12月，四川省涪陵地区批准武陵山制药厂新建青蒿素车间。1988年元旦，车间破土动工。1990年在上级领导部门的关怀和大力支持下，一个设计年产量更大的青蒿素工业化提炼车间建成投产。

武陵山制药厂青蒿素的投产，对推动我国青蒿素及其衍生物走向世界创造了条件，具有历史性的意义。

3. 路漫漫科工贸共同打市场

青蒿素衍生物的研究与开发是一项高科技、外向性、科工贸三结合的系统工程，长期以来一直在全国523办公室、青蒿素指导委员会及国家有关部门的统一领导与协调下进行。

青蒿素类新药国际市场的开发，由于受投资大、标准高、技术性能强等因素制约，不论是对我国制药生产企业还是科研单位，在当时都是既陌生又举步维艰的事。更重要并为大家所担心的是，国外研究开发青蒿素热潮的兴起，使我国的青蒿素产业面临着严峻的挑战；国内争夺青蒿资源、青蒿素生产和出口的无序竞争的状态也在出现。加上此时由国家卫生部和国家医药管理局成立的“青蒿素指导委员会”，在完成蒿甲醚、青蒿琥酯和青蒿素栓剂国内药物注册尚未转入市场开发之际，于1988年6月13日宣告结束，有关青蒿素类抗疟药的研究开发工作，继续纳入各有关部门、单位自行管理。全国原有的科、工、贸三结合的链条也由此而中断。

在青蒿素指导委员会撤销后，如不及时采取有效措施，很好地加以组织和引导，势必造成恶性竞争的混乱局面。其后果将使我国青蒿素的研发和青蒿素产业，在国际上由原来的优势而变为劣势，国家也将蒙受经济损失。

1987年11月，国家科委郭书言副主任和国家医药管理局顾德馨教授等一行访问非洲，听了我国驻尼日利亚大使馆王嵎山大使对我国抗疟新药蒿甲醚治疗疟疾效果神奇、在尼日利亚引起轰动的介绍，给郭书言副主任一行留下了极其深刻的印象。王大使向郭书言副主任建议：现在正是我国青蒿素进入非洲最好的时机。“非洲需要青蒿素，青蒿素也需要非洲啊！”在尼日利亚等非洲国家，人们称青蒿素是“东方的神药”、“来自中国的救命药”。青蒿素产品成为人们送给亲戚朋友的高级礼品。

郭书言回国后，着手抓紧这项工作，并指定社会发展科技司，并由该司的丛众处长和陈传宏具体负责组织和协调，原全国523办公室和青蒿素指导委员会秘书处负责人周克鼎担任顾问。1988年1月，国家科委向国务院办公厅报送了《关于抓紧我国青蒿素类抗疟药生产和国际市场销售工作的报告》，提出了若干措施和建议及有关部委的分工。1988年5月24日，郭书言副主任就青蒿素等抗疟药的生产、销售和开拓国际市场等问题召开了座谈会。国家卫生部、国家医药管理局、国家对外经济贸易部、国家农业部，以及昆明制药厂、桂林第一、第二制药厂、广州白云山制药厂等单位有关负责人出席了座谈会。

郭书言副主任指出：“为推动这项工作，国家科委和有关部门先后召开过3次会议并联合下发了文件，这对理顺关系，搞好分工与协调起到了促进作用。如果协调不好，也可能会有风险。因为目前国外正在加紧开发这类产品。我们只有潜在的经济效益，还没有真正的效益。几个厂家都很着急，普遍反映由于产品未能出口创汇，当前资金十分短缺，坐等效益等于失掉良机，十分为难。这次请大家来就是为了如何搞好国内协调，团结一致对外，把潜在效益变成真正效益。”[53]

座谈会后，国家科委制定了《加快青蒿素类抗疟药科研成果推广和出口创汇实施计划方案》。方案提出，在国家科委统一组织协调下，采取科、工、贸一体化方式，有针对性地开展国际技术合作、药物注册和贸易谈判；通过招标的方式选择出口代理商，并提供一定的投资，作为将来创汇分成的依据。

方案同时对部门分工也提出了相应的要求：海关总署负责把好青蒿资源、种子、青蒿素类原料出口关；国家医药管理局负责抓好生产质量关，尽快达到GMP标准；国家经贸部负责国际市场开拓工作；国家卫生部通过援外医疗队扩大对外宣传，推广青蒿素类产品。

1988年7月16日，国家科委、国家医药管理局、国家对外经济贸易部、国家农业部、国家卫生部联合下发《关于加快青蒿素类抗疟药物科研成果推广和出口创汇的通知》，并出台了实施的方案，采取竞争方式，委托有积极性和有条件的公司，承担青蒿素的国际合作项目。1989年8月28～30日，国家科委组织中国医药保健品进出口总公司及其分公司、科华贸易公司、中国信托贸易公司等19家公司与昆明制药厂、桂林制药厂、桂林第二制药厂共同商议青蒿素的国际合作和签订有关合同（国家科委与公司，公司与药厂），商谈合作的有关事宜，并就各公司所能代理的国家作了分工。

国家科委的统一组织协调，开始扭转了国内“散、乱、争”的局面。经过公开招标，9家有实力和有出口权的公司，代理生产厂家开始进行药物国外注册、临床验证和技术合作等活动。其中，在国际寻求合作方面以中信技术公司和科华公司成效较为突出。由于药厂、科研单位与商贸公司配合，责权利明确，提高了企业在国际竞争中的活力。经过4年的努力，青蒿素系列抗疟药有的已在东南亚、非洲或拉美地区20多个国家注册，开始批量出口到一些急需抗疟救治的国家或地区，国际科技产业的合作正在逐步开展，已同世界多个跨国集团公司如瑞士的诺华、法国的罗纳–勃朗克、赛诺非和印度的卡地拉等建立了不同形式的科技与商贸合作，青蒿素系列抗疟药开拓国际市场工作已迈出了关键的一步，为我国医药走向世界取得了宝贵的经验。

随着全球经济一体化的发展趋势，国外跨国集团公司已纷纷实现强强联合。当前与未来，我们的竞争对手不是在国内而是在国外。从资源利用、产品开发、市场销售到科学研究都面临着严峻挑战。由于体制上的原因，不论商业或科技合作谈判，多年来已有过不少的沉重教训。同时，我们还清醒地认识到，在开拓国际市场上，我们还缺少经验；在资金投入上，不少企业既缺少实力，又缺乏远见，甚至急功近利；建立我国自己的国际销售网络还需要一段漫长的时间；为了求生存，谋发展，国内生产青蒿素的商贸企业和科研单位，在市场经济新的条件下，如何开拓国际市场还需要不断地进行探索。这些问题必须着力加以解决，才能为我国青蒿素产业开辟出一条新的道路！

4. 青蒿素复方技术我国领先

青蒿素衍生物的发明，是在青蒿素发明的基础上继续向前发展了一大步，再次体现了中国人的聪明才智。

由于青蒿素和青蒿素衍生物临床治疗疟疾控制症状和杀灭疟原虫的效果都特别快，在第一次服药后，发烧等临床症状减轻或消失，身体血液内的疟原虫消失也很快，但不能全部被杀灭，需连续7天的服药，否则在10天半月后，疟原虫又将复燃，引起疟疾病的复发。这对广大贫穷落后的疟疾流行区，在病人感到已没有症状的情况下，要求他们坚持7天服药是很困难的；同时长疗程服药，也意味着药费的增加，从而使青蒿素类药物的推广应用受到很大限制。另外，还有一些学者认为，当今已经没有比青蒿素类更有效的药物可用于对付抗药性恶性疟，若青蒿素类药被广泛反复使用，有可能很快使恶性疟对它产生抗药性。人们担心一旦出现了这种情况，恐怕就很难在短期内，能重新找到另一个可以有效对付抗药性恶性疟疾的新药了。

面对这一难题，我国从事抗疟药研究的科学家又一次充分展现了他们的聪明才智。如果说青蒿素衍生物的发明是对青蒿素发明的发展，那么，为了克服青蒿素类药存在的不足，提高疗效，防止或延缓抗药性的产生而研究发明一系列青蒿素复方，则是对青蒿素应用研究进一步的创造发展。

早在1967年，科研人员在承担523任务时，对所要实现的目标就非常明确，就是要寻找出能对付抗药性恶性疟的防治药物和办法。经过长期的研究试验，积累了研制复方药物的丰富实践经验，为紧急援外战备提供的防疟1、2、3号片都是复方，较好地解决了在抗药性恶性疟疾流行区防治疟疾的问题。他们提供的防治疟疾的药物和方案，与当时美军同期装备的药物相比，效果更好、性能更先进，办法更为简单、实用和有效，不仅较好地解决了保护部队战斗力的应急问题，而且在10年的时间里发明了青蒿素为代表的一批新药。这批新药，包括本芴醇、萘酚喹和咯萘啶的发明，它们是

20世纪80年代以后，我国在世界抗疟药研发保持领先地位的物质基础。而美方最有代表性的发现是研发出了新药甲氟喹（Mefloquine）。本来WHO和美国对甲氟喹寄予很高的期望，以其雄厚的财力和权威性作支撑，希望尽快在全球推广，却没想到很快就碰了壁。因为甲氟喹本身及其复方法西密（Fansimef）不但在多个地区使用后很快就产生了抗药性，而且毒副作用大，尤其是对神经——精神系统的毒性。

解放军军事医学科学院微生物流行病研究所，是我国最早从事疟疾防治研究的单位之一。1951年以来在海南岛、云南边防部队的疟疾防治中积累了较丰富的经验，培养了一支有高技术水平、高素质的科技队伍。承担523任务后，他们是研究抗疟药的主力之一。

已故的著名药物化学家邓蓉仙教授，在523抗疟化学药的研究工作中，与上海医药工业研究院研究人员张秀平一起担任了523化学合成药专业组的正副组长，组织协调专业协作组的工作。她们在各自研究工作中也作出了突出的贡献。

张秀平教授当年领导的上海医药工业研究院的523抗疟药化学合成研究组，与上海第二制药厂合作，引进合成了周效磺胺；与第二军医大学许德余、沈念慈等专家合作，研制成功了长效抗疟药磷酸哌喹。这两个新药后来分别成为“防疟2号片”和“防疟3号片”的主要成分。哌喹也在国内疟疾流行区被广泛使用。

邓蓉仙教授领导的抗疟药化学合成室，从523项目科研工作开始，便合成了大量的新化合物，从中筛选出了新的抗疟化合物本芴醇；该室的李福林等人合成了磷酸萘酚喹。这两个新化合物由滕翕和、周义清、焦岫卿、王云玲等研究人员完成了药学、药理、临床的研究后，都被批准为一类新药；本芴醇获得国家发明一等奖，磷酸萘酚喹获得国家发明二等奖。青蒿素以及这两个新药，都是迄今我国新药最高的发明奖项。这些新药和青蒿素，为后来我国青蒿素复方领先世界提供了坚实的物质基础。

1990年，军事医学科学院微生物流行病研究所，率先成功开发了蒿甲醚-本芴醇复方，获国家新药注册。20世纪90年代，他们用青蒿素和磷酸萘酚喹组成了另一个新复方，也获得国家新药注册。蒿甲醚-本芴醇复方与瑞士诺华公司（原为汽巴—嘉基公司）合作，诺华公司投入大量资金，按国际新药研发标准重新进行了研究评价，使该复方新药于2002年被载入WHO基本药物目录。它标志着继青蒿素及其衍生物之后，我国青蒿素复方研究技术又成为国际先进水平的代表。

1981年在北京举行的WHO SWG-CHEMAL青蒿素及其衍生物学术讨论会上，与会人员围绕担心青蒿素一旦被广泛应用可能产生抗药性的问题展开了讨论。军事医学科学院微生物流行病研究所的科技人员，以敏锐的眼光和思路，把防止和延缓青蒿素系列及其他新抗疟药产生抗药性，或提高已出现抗药性药物的疗效，作为一个深入的研究方向，开立了研究课题。

以周义清、滕翕和为课题负责人的研究小组，在早期援外应急预防复方的基础上，于20世纪80年代初即开展了青蒿素及其衍生物与其他抗疟药组成复方的探索研究。他们在与WHO合作中被拒绝、并被断言“你们没有研究复方药物的条件和能力”的情况下，1982年在获得青蒿素指导委员会给予资金资助后，建立了新的实验模型，开展青蒿素及其衍生物与SP、本芴醇等药物配伍增效的实验，从中选出蒿甲醚与本芴醇的配伍作为主要的研究课题。[54]

正如前面所提到的，蒿甲醚是由中国科学院上海药物研究所与昆明制药厂合作研发的抗疟药，1981年初通过鉴定，是由我国自主研发的一类新药。本芴醇也是我国自主研发的，具有新的化学结构的抗疟新药，与氯喹无交叉抗药性，于1989年获国家一类新药证书，先由昆明制药厂生产，后改由浙江新昌制药厂生产。本芴醇作为治疗药显效较慢，与蒿甲醚等速效药物配伍，优势互补，并显示了明显的增效作用。

本芴醇与蒿甲醚组成的复方，军事医学科学院微生物流行病研究所按国家新药要求完成了各项研究工作后，于1992年4月被批准为三类新药，颁发了新药证书及生产批件。至此，首个青蒿素类复方新药在我国诞生。

5. 新药研发国际合作创先例

蒿甲醚–本芴醇复方抗疟新药，面对的是国内抗疟药的微小市场和国外贫困地区的疾病，不可能得到丰厚利润。国内制药企业对此也兴趣不大。如何发挥这一复方的作用，造福全球疟疾流行区的民众，体现其真正价值，就必须进入国际市场。1990年之前，为了我国青蒿素类抗疟药的出口，为国家创造效益，国家科技部、国家医药管理局等领导部门，虽然都曾为此进行了尝试，但终未能取得满意的进展。蒿甲醚–本芴醇复方如何走出国门，走向全球，创造效益，确实是一个很现实的问题。

1990年以来，中国中信技术公司与军事医学科学院微生物流行病研究所、昆明制药集团股份有限公司和浙江医药股份有限公司新昌制药厂合作，作为复方蒿甲醚片剂（蒿甲醚 本芴醇复方）项目的商务代表，在国家科委（现国家科技部）等国家5部委的支持下，与瑞士汽巴–嘉基公司（现为诺华公司）进行合作开发的谈判。经过了长达15年的国际科技合作，诺华公司投入大量资金，按国际新药研发标准重新对该复方进行研发评价，现已在全球79个国家、地区注册，28个国家地区上市销售。它是迄今为止，中国药品通过与国际上知名度高的制药企业合作，使之以国际水平的研究成果走向世界的一个先例。它也标志着继青蒿素及其衍生物之后，我国青蒿素复方研发能力又成为国际先进水平的代表。同时，它也是在生产技术管理规范化，原料及终端产品在国内生产，成果和产品借船出海，为我国实现经济效益的成功模式。蒿甲醚-本芴醇复方产品在冠上瑞士诺华 Coartem 的商品名后，在国际上享有很高的声誉，2002 年被载入 WHO 基本药物目录。

蒿甲醚-本芴醇复方的国际合作的过程，是很值得回顾和总结的。它的成功对后人有重要的启示。它从一个方面向国内新药研制、生产企业和经贸企业提供了怎样开展国际合作，让中国药品走向世界的新路。每个具体的产品不完全一样，也不可能都套用一种模式，但共性的一点是国际标准化，与国际接轨是不能回避的。

1990 年 3 月 9 日，中方由国家科委社会发展科技司牵头，以中信技术公司、军事医学科学院微生物流行病研究所、云南省昆明制药厂、浙江省新昌制药厂组成的科、工、贸合作体为一方，瑞士诺华公司为一方，双方先签署了《保密协议》；1991 年 4 月 29 日，双方又签署《第一阶段风险合作协议》；同年 5 月 16 日，签署了《专利合作申报协议》；1994 年 9 月 12 日，双方签订了为期 20 年的《合作协议》，同年 10 月 17 日得到国家科委的批准。2004 年 9 月 20 日，诺华公司与中方正式签订了《专利许可协议》。

按照《合作协议》，蒿甲醚-本芴醇复方还必须按国际标准在世界各地重新进行研究评价。根据对方的要求，双方重新进行了临床前研究、临床验证和对各项研究资料的全面考察。最终结论是，我方原来所做的全部研究实验数据都经得起国际机构的重复。其中有两个关键问题决定了合作的成功。

在双方签订了《第一阶段风险合作协议》后，诺华公司对中国科学家的研究工作能力和水平进行质询，实际上是进行一次考试。题目之一是药物在人体血浆浓度的含量测定方法的准确性和可信性；题目之二是药物临床疗效的可靠性。

前一问题是直接关系到对该复方临床疗效的解释。因为不论是蒿甲醚还是本芴醇，都是不溶于水的药物。蒿甲醚的药物体内动力学研究及对疟疾的疗效早已确证，他们难以提出非议；而本芴醇是一个新抗疟药，国外对它的了解很少，加上他们看到我方实验室所用的测试仪器是由4个不同厂家产品组装的，因而持慎重态度也属正常的事。诺华公司用同样的受试者的血样同时委托一家设备精良的国外实验室建立测试方法，与我们的方法平行测试比较。我方严格按照国际通行的要求，通过大量数据，考核所建立的方法的准确性、精确度和可信度，提供了方法的质控范围。但是，由于我方测试的结果比对方平均高达14倍，他们又派人到我方实验室对实验过程中的规范和技术操作进行实地考查，并配制系列未知血样分别由两家实验室再进行测试，最终证明了我方的实验数据完全准确可靠，而国外实验室的实验数据和结论都是错误的。这样，对方不得不承认我方“建立的实验方法符合国际标准”。

同时，双方又组织从事临床研究的专家到海南岛进行复方的临床的再次验证，也取得与我方原来的研究结果完全一致的结论。

经过这两项验证，诺华公司对中国科学家的能力和水平终于从不相信到刮目相看。蒿甲醚－本芴醇复方的合作开发，便从“风险研究阶段”进入了双方签订正式“国际合作协议阶段”。在这一学术、技术的较量过程中，滕翕和、曾美怡、周义清、卢志良等教授所付出的劳动功不可没。他们出色的工作，不仅推进了国际的合作，也为中国科学家争回了尊严和荣誉。我国科技人员的新药研究技术水平，以及发明蒿甲醚－本芴醇复方的能力在国际上赢得了尊重。

据有关材料介绍，蒿甲醚-本芴醇复方开展国际合作15年来，该复方在中国新药标准的基础上，顺利完成国际标准包括WHO的GMP、GLP、GCP的标准，以及欧共体标准的新药研制程序，正计划申报FDA药品注册，为产品进入全球提供保证。

该复方已在全球64个国家（地区）申报药品专利，获得了包括欧共体、美国、加拿大等49个国家的专利保护。这不仅开创了中国研制的新药取得国际专利权的先例，而且使青蒿素类第一个复方药成为至今全球同类药物受国际发明专利保护国最多的药品，也是WHO基本药物目录中25年来仅有的3个专利药物之一。国际专利的申报成功，为国际合作，为实施该复方国际名牌战略奠定了坚实的基础。在双方共同进行了5000多例的国际多中心临床验证，完善了产品的质量标准，并通过循证医学研究后，被多个非洲国家首选为一线疟疾治疗药，被WHO、无国界医生（MSF）、全球基金（GFATM）推荐为援助用药。

值得一提的是，对蒿甲醚-本芴醇复方药进行国际合作开发是正确的选择。以其前期进入国际市场、申报国际专利、进行国际注册所需投入的资金，与短期内可能回收的经济效益相比，在国内是没有哪个公司有如此的胆量和气魄进行运作的。如果不是走与国外合作这条路，这一成果就可能被锁在保险箱中，也就难以造福于全球的疟疾病人了。

6. 为了再创青蒿素的新辉煌

为中国青蒿素走向世界作出贡献的，还有广州中医药大学李国桥领导的研究小组。他们从1967年接受523任务起至今40年，坚持开展抗疟药的研究没有间断。尤其是1974年接受黄蒿素的临床试验任务以来，他们对青蒿素临床应用的研究奋斗了30多年。

1974年他们与云南省药物研究所合作，首先是做出了黄蒿素（青蒿素）具有“速效、近期高效、低毒、短期复发率高”的结论。

成都会议以后，根据全国523办公室的安排，他们担负了青蒿素临床研究协作组的牵头单位和负责人，也是后来青蒿素衍生物蒿甲醚、青蒿琥酯、双氢青蒿素和青蒿素栓剂临床研究的负责人。他们用青蒿素成功救治凶险脑型疟疾的研究结果，促成了WHO把青蒿素列为救治脑型疟疾的首选药物。在多年的临床实践中，1984～1988年，李国桥研究小组通过对上千例病人的治疗，分别以3天、5天和7天的不同疗程作比较，得出了7天疗程可把青蒿素的治愈率提高至95%的结论。对青蒿素延长疗程的研究，改变了以往对青蒿素复发率高的片面认识。他们提出的7天疗程的方案，被WHO确定为青蒿素类药治疗恶性疟疾的标准疗程。

20世纪80年代初，随着青蒿素类作为商品药，重症孕妇疟疾病人使用青蒿素类药物增多。虽然，一方面由于青蒿素类药物的速效而大大减少了死胎、流产的发生率，有效地保护了母体和胎儿的生命。但另一方面是孕妇使用青蒿素类药后对出生婴儿的发育会有什么影响？他们通过对23例用青蒿素治疗的脑型疟孕妇的出生儿（3～6岁），进行多年的随访追踪观察，未发现有畸形及智力异常。于是，他们于1989年提出，青蒿素类药是治疗中、晚期孕妇恶性疟和重症疟疾的首选药物。

1990年，他们受印度学者关于青蒿素对间日疟配子体作用研究的启发，得到瑞士罗氏基金会的资助，开展了青蒿素对恶性疟配子体感染性影响的研究。1991～1995年间，他们被特邀到越南帮助脑型疟的救治，从病人的骨髓涂片观察到青蒿素对早期配子体发育的影响，并在3年里建立了按蚊感染试验方法。通过解剖几千只实验的按蚊，初步证明青蒿素不仅对恶性疟成熟配子体有较好的抑杀作用,而且对骨髓中的Ⅰ～Ⅳ期早期配子体均有较快速的杀灭作用;对刚进入外周血液而尚未具感染性的配子体,也能阻止其成熟而防制其传染性;对外周血液中的成熟配子体的抑杀作用,也于用药治疗后7天和14天,使其传染性分别降低70%和100%,失去了传染性。这个重要的发现纠正了1978年有人仅凭临床治疗后血中成熟配子体迟迟不转阴,就提出青蒿素对配子体无效的错误结论。通过进一步从青蒿素对配子体传播性能的本质研究,对青蒿素的抗疟作用提出了新的认识。青蒿素抑杀疟原虫配子体这一独特的作用,是过去所有疟疾治疗药都不具备的。这一发现,有可能为控制疟疾流行提供一种新的思路或途径,即利用青蒿素抑杀配子体这一特性,发挥其阻断配子体传播疟疾的作用,进而有效地控制疟疾的流行。

由于国内疟疾病人较少,20世纪90年代初,他们走出国门,把研究基地设在国外,结合临床研究,以学术带动产品,帮助我国青蒿素生产企业开拓市场。

青蒿素的发明已经30年了,青蒿琥酯和蒿甲醚作为商品药也有20多年的时间。但是,它们至今尚未能广泛应用于疟疾流行区。其存在的问题一是疗程太长,疗程长不仅病人难以坚持,由此也增加了用药量,增加了病人药费的负担。要解决以上问题,可行的办法是从研究新复方入手。理想的抗疟复方疗程要短,并尽可能选择疗效好、成本低廉的药物进行配伍。为了让全球贫穷的疟疾流行区民众能用上中国生产的,效果好、价格低、使用方便的青蒿素抗疟药,他们不遗余力地开展具有特色的新抗疟复方的研制。

20世纪80年代初期,李国桥领导的科研小组就在海南岛从事青蒿素复方配伍的临床研究。他们利用523任务研究的两个新药(青蒿琥酯和磷酸哌喹)进行配伍试验,初步取得了较好的效果。而真正让他们下决心全力开展新复方研究，还得从他们应邀去越南用青蒿素救治脑型疟疾说起。

1989年，越南进入经济改革建设，大量人口流动，疟疾多处暴发流行。越南的恶性疟抗药性严重，造成大量重症疟疾病人死亡。原为美军搞抗疟药研究的医生基思·阿德诺（Keith Arnold），此时服务于瑞士罗士制药公司，正在胡志明市开展甲氟喹的临床研究。他早在20世纪80年代就与李国桥研究小组有过交往，成为朋友。他还曾专程到海南岛李国桥小组的研究基地参观，非常了解他们的研究工作。因此，他向越南胡志明市ChoRay国家医院院长郑金影教授推荐邀请李国桥。

1991年，李国桥小组应邀前往胡志明市，指导用青蒿素救治重症疟疾患者。当时中越两国未恢复正常关系，越南卫生部部长以私人名义，到宾馆向他们咨询良策。李国桥建议，在越南全国疟疾流行区，立即广泛采用广西桂林制药厂生产的青蒿琥酯作为治疗药。果然，第二年越南的疟疾病人死亡人数显著下降，而广西桂林制药厂青蒿琥酯的销售量则急剧上升。两年后，越南大街小巷的小商铺里，昔日的奎宁已被青蒿琥酯所代替。

在这一过程中，他们深深感到，帮助越南救治重症疟疾患者最好的办法，应是用一个短疗程又价廉的青蒿素复方，在城乡医院普遍使用，大幅度降低重症疟疾的发生率，从而降低病死率。加上青蒿素有抑杀配子体阻断传播的作用，又可以降低疟疾流行强度从而降低发病率。于是他们把原来在海南岛初步研究效果较好的复方，试用到越南南方，结果却大大出乎意料。该复方在海南岛疟区一次服药就可获95%的治愈率，但在越南却只有70%左右。李国桥恍然明白，由于在20世纪60～70年代那场印度支那战争中大量化学抗疟药的使用，使越南成为多重抗药性恶性疟流行最严重的地区，况且还可能存在不同地区疟原虫株差别的问题。此后，李国桥在越南当地重新进行临床联合用药的观察试验，又再回到实验室进行研究。经过5年的努力，第一个以双氢青蒿素与磷酸哌喹配伍的新抗疟药复方——疟疾片CV8，于1997年被越南卫生部批准注册和生产，两年后被列入越南国家抗疟第一线用药。“CV8”的寓意是中越合作，C为China，V为Vietnam，8是在越南经过10个联合用药配伍中的第8个处方。

当CV8在越南注册、生产的时候，WHO驻越、柬、老的代表Dr.Allan Schapira正密切关注此事。1998年，他专程访问了广州中医药大学热带医学研究所，详细考察了CV8的研制情况和临床评价的结果。

2000年初，WHO/TDR邀请李国桥以临时顾问身份出席在泰国（清迈）举行的讨论抗药性恶性疟疾防治的会议，请他专题报告CV8的研制情况。同年，应WHO/TDR的要求，与他们签订了CV8技术保密协议，把CV8研究资料提交WHO/TDR进行评价。2001年，WHO/TDR向李国桥提出改进CV8配方的意向。同年5月，Dr.Allan Schapira和英国牛津大学的Dr.Jeremy到广州商谈改进配方的具体建议。此时，李国桥已经为他们准备好改进后的新复方样品。令他们感到意外的是改进后的成分和配比竟然与他们正要提出的建议相一致！他们共同把新复方暂定名为Artekin，并带走了200个病例的治疗药，返回英国牛津大学驻越南的研究基地进行临床试验。

由于Artekin新复方成本造价比较低，Dr.Allan Schapira对其极为关注。尽管当时瑞士诺华公司的Coartem（蒿甲醚－本芴醇复方）已经被载入WHO的基本药物目录，但由于售价仍较高，他希望未来的Artekin能够进入公立医疗机构以取代氯喹，解决非洲疟疾因抗药性日趋严重而导致病死率和发病率有增无减的难题。后来 Dr.Allan Schapira 被提升为西太区疟疾顾问、地区代表，进而成为 WHO 总部分管疟疾控制的要员。2001 年 11 月，他主持召开 WHO（上海）抗疟药发展会议后，立刻又筹划在 2002 年 3 月召开WHO(广州)加快Artekin国际标准化的研讨会。这是继1981年 11 月和 1989 年 5 月，WHO 疟疾化疗科学工作组在北京举行两次研讨会后，在中国又为青蒿素抗疟药专门举行的会议。尤其是2002年4月在广州召开的加快双氢青蒿素—磷酸哌喹片国际标准化研讨会，特请来 12 名国际有关方面的权威专家，为推进加快 Artekin 的国际注册，列入 WHO 的基本药物目录，成为全球疟区一线抗疟药共同出谋划策。

为了 WHO（广州）加快 Artekin 国际标准化的研讨会的召开，Dr.Allan Schapira会见了广州市林元和副市长及国家药品监督管理局和国家中医药管理局的有关领导。为了创造 Artekin 的 GMP 生产条件，他专程陪同美国药典委员会（USP）的 GMP 专家——美国 USPDQI 顾问、FDA 负责考察国外工厂的前负责人彼得（Peter D.Smith）到广东顺德环球制药厂考察，在两年内连续检查了 3 次，直到 Peter D.Smith 写出评价，认为“该厂完全可以按 GMP 条件承担生产足够使用的 Artekin 的生产任务”。为了推进 Artekin 的国际标准化研发，他又建议李国桥与英国牛津大学 N.White 教授和 WHO/TDR 合作，联合申请比尔·盖茨资助的全球疟疾风险基金（MMV），该项目获得了 MMV 的 350 万美元的资助。

至 2002 年底，Artekin 在全球各个流行区与包括 Coartem 在内的其他抗疟药对照的试用中，共观察了 5000 多个病例，取得了治愈率高达97%以上的效果。综合疗效、不良反应、成本价格、使用方便度等因素，该药被认为是目前优点全面的一个抗疟药。

李国桥带领青蒿素抗疟研究团队，在青蒿素抗疟药复方的十几年研发过程中，继承发扬了当年523精神，近几年把一些从事523抗疟药研究的老骨干汇集到广州，在以往临床研究为主的基础上，通过横向联合，从青蒿优质品种的栽培研究，到青蒿的规范种植、青蒿素的提炼生产，青蒿素复方新药的药学、药理毒性、临床研究，成品加工生产，重新整合成具备GAP、GLP、GCP和GMP抗疟药研发生产条件的产业链。在新药研发生产方面，组成了专业配套，有相应的研究、生产人才队伍的机构。把全球大多数疟疾病人能用得上青蒿素复方作为追求的目标，以自己的技术产品的优势，去争回本应属于青蒿素发明国的市场和效益。

他们充分利用和发展523已有的抗疟药科研成果，按国际标准从高起点开展复方新药的研发，目前，又研制出一个性能更好、成本更低、使用更方便、安全性更高、制剂更稳定，而且能够阻断疟疾传播的新复方 Artequick，获得了国家药监局颁发的新药证书。

新研制的复方Artequick，2003年11月以来，在柬埔寨局部高疟区进行快速控制/灭疟试用，呈现出极大的潜力。在进一步扩大试验后，期望能为全球快速控制疟疾流行提供一种新的思路和办法，从而使之大量进入疟疾流行国家的公立医疗机构，成为全球控制疟疾的第一线用药，取代目前低效的氯喹等老一代的抗疟药，扭转日趋严峻的疟疾流行的形势，使中国青蒿素为人类控制和消灭疟疾作出贡献，让青蒿素再创历史辉煌，为中国人的骄傲续写新篇章！

九

回顾历史启示良多

回顾523项目的发展历程，尤其是从中草药青蒿—青蒿粗提物—青蒿素—青蒿素衍生物—青蒿素复方的发明所走过的不平凡道路，凡是领导、参与和了解523任务的人，无不感到激动和自豪。

523项目的成就和青蒿素研发成功的历史，关心这一事业的人们往往提出这样一个问题：中国人为什么在条件相当困难的动荡年代，在科技人才少、仪器设备差、时间短的情况下，能研发出如此多的优良成果。在两年内就成批生产提供了防1、防2、防3三种复方预防药援外；3年就从中药青蒿草提取了青蒿素，并基本肯定了其治疗恶性疟疾速效、高效、安全的评价；4年就批量提供援柬试用，7年就按新药标准要求完成了鉴定和审批，成功发明了被称为“20世纪后半叶最伟大的医学创举”的青蒿素，至今使抗疟药的研究和应用能够领先于世界。国内外医药界人士对此常常发出种种疑问，有的感到不可思议，有的根本就不相信。

就此，拟就523的科研和青蒿素研究开发的体会作一简要回顾，供有关学者和人士研究参考。

1. 国家领导人的关怀

523项目是毛泽东主席、周恩来总理指示开展的抗美援越的紧急战备任务，是来自“最高司令部”的命令。1969年，毛泽东主席亲自审阅了523任务的执行情况的报告。周恩来、李先念等国家领导人曾多次对523任务作了重要批示。国家领导人的关怀，政府各部、委和各承担任务的省、市、区的有力领导，从国家部门到地方各级对“523”项目无不给予高度重视。这对于顺利完成任务是极大的推动。因此，即便在“文革”特殊的年代，在其他科研工作都几乎停顿的形势下，523项目却能得到自上到下，各部门和单位从人力、物力和财力上给予充分的保证。

523第一次协作工作会议以后，随着国内形势的发展变化，各领导部门和单位体制及组织人事调整变动，但523任务仍一脉相承从不间断。1970年，523原制定的3年规划已经期满，而印度支那战场的形势更为激烈，523的各项研究工作正在深入开展，需要制订新的规划。周恩来总理对国家卫生部、国家燃料化工部、中国科学院（国家科委与中国科学院合并）和总后勤部三年523任务的执行情况的报告和有关问题的请示作了批示。根据周恩来总理的指示，国务院、中央军委联合下发了“（71）国发29号”文件，调整了全国523领导小组，由国家卫生部为组长，中国人民解放军总后勤部为副组长；办公室仍设在军事医学科学院。1971年5月，全国523领导小组在广州召开工作会议，制定了1971～1976年5年研究规划，进一步加强了领导，落实了任务。

1970年以后，印度支那战争形势呈现了更为复杂的局面。柬埔寨的施里马达·朗诺发动军事政变后，留居北京的西哈努克亲王向周恩来总理推荐了他的法国私人医生阿·里什提供的一个与我们的防疟2号片基本相同的处方。当时正在广州召开全国523工作会议。1971年5月28日，周总理将此处方批转卫生部军管会副主任谢华同志和中国医学科学院院长吴阶平同志，要求“中国医学科学院和军事医学科学院，组织力量到海南、云南边疆有恶性疟地区进行实地试用”；并明确指示“如有效，我们可大量供应印度支那战场，因为他们正为此所苦”。会议传达了周总理的批示对于进一步落实“（71）国发29号”文件，对各级领导加强523援外战备任务的重视非常及时、非常重要，进一步指明了523任务的方向，与会人员受到很大鼓舞，523研究任务得到更好的落实。

这次会议制定新的5年规划，对研究内容作了适当调整。523研究工作进入了一个新的发展时期，包括青蒿素在内的一批重要成果陆续诞生。

1973年2月25日，全国523领导小组以“三部一院”的名义向国务院、中央军委报告了落实“（71）国发29号”文件及5年规划的执行情况。时值南方和中原5省疟疾暴发流行，报告提出，为了适应国内疟疾防治的需要，523研制的药物，除保证援外，在国内一些疟疾流行区推广使用，并请示召开一次全国523工作会议，检查5年规划的进展，落实后3年的任务。李先念等国家领导人对请示报告作了批示。同年5月，全国523领导小组在上海再次召开了工作会议，检查并进一步落实了规划后3年的任务。

1976年，原制定的5年研究计划已经期满。虽然，越南印度支那战争已经结束，但523任务一批将出成果的研究工作尚未结束。针对这种情况，全国523领导小组于1977年3月在北京召开了一次全国523会议，交流情况，总结经验，制定了1977～1980年的4年研究规划。会后，“三部一院”就会议的情况向国务院、中央军委作了报告。报告中再次明确“疟疾防治科研工作是一项国家医药科研项目”，要求卫生、科技、化工及军队等部门密切配合，共同把这项工作抓好。李先念副主席作了“这项工作很重要”的批示。会议纪要下发有关省、市、区和军区以及部委及军队直属有关单位。

523任务自始至终都被各部门列为国家军工项目。国家计委列入科学技术发展计划第321项任务。

2. 大协作劣势变优势

在20世纪70年代，我国对新药的研究，尤其是新型抗疟药的研究，确实是存在专业人才少、仪器设备落后，也不是主要的研究课题等问题，和西方国家相比，不论是研究经费还是技术条件确实处于劣势地位。

尽快研发提供新药就是提高战斗力。为了完成紧急援外战备任务，要在最短时间研制提供有效抗疟药，当时只有将五六十个有关的科研、教学、临床、制药生产单位组织起来，多部门、多单位、多专业互相配合开展大协作，利用分散在各部门、单位的仪器设备，并把五六百名有关专业的科技人员集中起来，组成一个大协作攻关的整体，用系统工程的管理模式，以特定经费，统一计划，分工合作，部门、单位、专业之间互相配合，互相支持，使实验研究、临床研究、工厂生产的研制过程紧密衔接。把各有关部门、单位、人员分散的技术力量，集中成为整体的优势，从而为援外战备提供有效抗疟药赢得了时间。

以防疟片2号为例，军事医学科学院完成实验室工作后，为扩大临床试验，复方中的一个成分周效磺胺国内无货，当时由于对中国封锁禁运，通过香港也买不来，国家化工部（国家医药管理总局）和全国523办公室派人赶往上海组织药厂试制，上海第二制药厂领导当即决定停下部分产品的生产，腾出设备，调集技术骨干，解决工艺，专门赶制了一批周效磺胺，及时为防疟片2号提供原料，扩大临床试验。1968年全国523办公室组织了军事医学科学院、上海、广东有关科研、生产单位，广州、昆明军区下属的军事医学研究所、防疫大队和有关的军医大学的医疗、卫生人员，在海南、云南疟区现场同时进行试用，从而争取了一两年时间，药品及时提供了援外。

再以青蒿素的研究开发为例，便是如同接力赛跑。中医研究院中药所研究工作出了苗头，随后又遇到困难和挫折，山东省中医药研究所、云南省药物研究所起步虽晚，但却进展顺利，后者赶上来又往前快跑。如果没有后两个单位的参与并取得顺利进展，青蒿素的研发可能夭折或至少要推迟若干年。云南省药物研究所的实验室研究进展顺利，但临床研究却缺少经验，未能收到满意的病例，此时高发流行季节将过，假如不是临时决定由广州中医学院正在云南现场的李国桥小组接下去，在两个月内对黄蒿素作出肯定的结论，成为全国523领导小组下决心组织全国大会战的依据，就很难使青蒿素研究成功大大提前。

如前所述，蒿甲醚和青蒿琥酯的研究开发，也是继青蒿素之后的又一次集中各单位专业、设备的优势和技术力量成功合作研究的典型事例。当WHO建议在青蒿素的衍生物中，优先开发青蒿琥酯时，青蒿素指导委员会及时组织了国内的中国医学科学院药物研究所等8个单位的有关专业和知名的专家共同合作，按WHO新药的标准要求，很快较好地完成了研发工作，经国家卫生部审批，向8个单位颁发了新药证书。

3. 远近结合立足创新

东南亚抗药性恶性疟难以防治，关键是如何克服抗药性的难题。根据当时战局的发展，为了保护部队战斗力，必须在短时间内提供有效的药物。近期应急的办法，是用老药组成复方，取得了很好的预防效果。但同时也预期到以老药组成复方，有可能在使用三五年后，又将会出现抗药性。要根本解决抗药性疟疾防治问题，必须在指导思想上，确立远近结合，寻找新结构类型的新药，走创新之路。总体研究规划和计划如此，具体项目的安排也是如此。

例如，化学合成药的研究计划，在进行老药复方研究的同时，投入更多的力量，开展寻找无抗药性的新化学药的合成和普筛新药的研究。借鉴国外寻找新化学合成抗疟药的途径和经验，但不重复他们的研究老路。在523任务十几年，不但研究成功了几个新化学抗疟药，而且在中医中药研究中也取得突破性的进展。

从中草药寻找新抗疟药的研究，也按照远近结合的原则进行部署。开始是以疗效肯定、副作用明显、化学结构清楚的常山及常山乙碱为重点，以克服其呕吐的副作用作为近期研究内容，又将常山乙碱的化学结构改造作为长线部署投入较强、较多的技术力量。在青蒿及青蒿素取得进展后，对其研究及时调整了部署，组织力量，也从近期和远期的两个方面，以大会战的形式作了安排。为早日提供援外战备，解决短期复燃率的问题，一方面把就地取材，简易制药，通过调整用药剂量、改变剂型、延长疗程、配伍复方等方法，作为近期研究的内容和要求；另一方面把搞清青蒿素的化学结构，合成衍生物作为远期的任务。近期的研究完成了青蒿制剂“青蒿片”，达到高效、速效、毒副反应小、生产工艺简便、成本低的较满意效果，可作为就地取材，普及推广，可解决战时一旦药源供应不上或平时群防群治疟疾的用药问题。远期的目标完成了化学结构测定，合成了蒿甲醚、青蒿琥酯等，解决了提高溶解度、提高疗效、方便使用的问题，也成为当今WHO全球遏制疟疾行动广泛推广使用的唯一王牌药物。

4. 中西结合殊途同归

在1967年523第一次协作会议制定的规划中，就把中西医药结合寻找无抗药性新药作为主要的研究思路。除投入相当力量研究寻找新的化学合成抗疟药外，对发掘我国医药学宝库中的中药新抗疟药，给予更大的关注和寄予希望。523大协作一开始，在发掘中草药方面就投入较多的力量，从大量查阅历代医药资料，深入疟区民间调查，收集验方、秘方着手，在收集的7万个方药中，普筛约有5000多个，精选出20多个进行深入实验和临床研究，选出有希望的方药，便集中力量（包括技术力量和仪器设备力量）一抓到底。青蒿素、鹰爪、仙鹤草、陵水暗罗等就是通过对祖国医药学的发掘，采用现代医药研究技术进行提高的方法，经过分离有效单体，测定化学结构，有的完成了人工全合成，进行结构改造。除青蒿和青蒿素外，有多个中草药如鹰爪、仙鹤草等也分离了单体，都显示了较高的抗疟效果，且具有新化学结构特点。由于有的抗疟作用不及青蒿素强，或毒副反应较大，有的药源稀少，不能大量提取或合成生产等原因，未再作为重点深入开发应用。

驱避蚊虫剂的研究，也同样是从化学药剂和中草药两个方面进行研究与开发的。最终获得的主要成果，多数也是从民间调查采集的中草药研究提高得来的。

针灸防治疟疾是我国一种传统的截疟方法，经过大量临床病例的试验，取得提高一定免疫力从而显示出一定的疗效，但对无免疫力或疟原虫多、持续高热的恶性疟的病人尚难达到良好治疗的效果。

化学合成药的研究，设计合成了上万个化合物，广筛了4万多个化学物质，有29个（含复方）经过临床试验，14个通过鉴定。本芴醇、磷酸咯萘啶、哌喹和随后在523任务基础开发的磷酸萘酚喹等是其中的代表，它们的特点是起效慢、持续效果长。从中药青蒿素及化学结构改造的衍生物蒿甲醚、青蒿琥酯等，具有速效、高效，但短期复燃率高。由蒿甲醚和本芴醇配伍或用青蒿素与哌喹、萘酚喹配伍组成的复方，不但保留了两药之长，克服了两药所短，而且具有1加1大于2的增效作用。一个从传统中药发掘提高，一个从设计化学结构合成，可谓是中西医药结合，殊途同归。

5. 团结一心无私奉献

523研究项目立项，当时正是印度支那战争升级，我国加紧边防备战和“文革”十年动乱甚至武斗的期间，523项目既是一项科研任务，又是一项军事任务，也是一项政治任务。在党和国家领导人的指示关怀和各级领导的重视下，523项目的科技队伍充满激情，人们把523任务视为发扬爱国主义和国际主义的神圣行动。科技人员为能有幸参加执行这一重要任务深感光荣和自豪。它成为参加研究任务的科技队伍团结协作的巨大精神动力。崇高的精神动力转化为一代人的责任感，从而焕发出极高的工作热情，人的聪明才智得到充分的发挥，不论是在城市里的实验室或在山区农村试验现场，大家团结一心，听从召唤，不畏艰险，排除种种困难，公而忘私、心甘情愿地牺牲个人的利益，投入了自己的全部精力，为援外和战备作出了贡献。

防治疟疾药物研究任务下达后，1966年为了解体验恶性疟流行的特点及其对部队的影响，观察试用应急防治药物的效果，军事医学科学院派出专家任德利、田辛等同志，随越南部队行动，徒步穿越胡志明小道，完成了试用考察任务，写出了东南亚恶性疟流行情况和防治要求的考察报告。1976年，我国应柬埔寨之邀，国家卫生部派出来自主要承担523任务单位的周义清、李国桥、施凛荣等同志参加的考察团赴柬埔寨协助防治疟疾，在高度流行区工作生活了半年，一些同志受到恶性疟、登革热等传染病的感染而带病坚持工作，较好完成了疟疾流行情况的防治考察和青蒿素等新药试用的任务，受到柬方的称赞。

许多科技工作者，为523工作不避艰险。在“文革”期间，四川省中药研究所科研人员，在重庆地区两派武斗激烈期间，转到地下室坚持搞实验研究。第二军医大学两派参加523工作的人员，白天批判辩论，晚间共同合作做实验。上海地区在“文革”夺权后，各单位处于瘫痪状态，为了保证523任务不受干扰，地区523办公室经与各单位协商，把承担化学合成抗疟药研究的人员集中在上海寄生虫病研究所，化学驱避剂研究的人员集中在第二制药厂，一起进行实验研究。军事医学科学院院领导，把两个研究所承担任务的数十名523科技人员集中起来，由全国523办公室直接领导，不参加单位的“文革”活动。南京地区有的单位，承担523任务的科研人员受到造反派的批斗，办公室顶着压力，深入到各单位耐心劝说，宣讲523工作的重要性，并要求未经办公室同意，不得随意揪斗，不得停止研究工作。

许多同志为了完成523研究任务，甘愿自我牺牲，不怕艰苦困难，不怕劳累、病痛和危险。广州中医学院李国桥、北京药物所于德泉、广东省人民医院关碧珍等同志，为了探索疟疾发病规律，观察针灸的有效穴位或试验新药疗效，自身感染疟原虫，忍受连续高热病痛进行试验观察。有的科研工作组连续几年、十几年深入云南、海南边境和贫困深山疟区，和当地居民一起过着吃糙米饭和无油的空心菜的清淡生活。南京地区523中医药民间调查组，为了追寻一个中药治疟方，越过千米高山，跑了60多里。广州中山大学江静波老教授，女儿在农村插队溺水身亡。他让老伴处理后事，自己仍坚持出差工作。北京药物所钮心懿同志的丈夫刚刚去世，她忍着悲痛，仍带科研工作组到海南做临床试验。该所年近花甲的老专家傅丰永教授，为了加快中草药研究进度，带着实验小动物和必要设备进驻到海南岛农场，一边开展中草药调查，收集到较好的药方，立即采药就地粗提，进行抗疟效果的筛选试验。许多单位发扬集体主义先人后己的风格，山东省中医药研究所、云南省药物所在只能少量提取青蒿素期间，仍然支援北京中药所和上海有机化学研究所用于化学结构测定的实验研究。中国科学院生物物理研究所梁丽等同志，在测定青蒿素结构绝对构型的试验中起了关键作用，却不声不响，不争名利。其间，由于当时该所用计算机的人很多，为了争取时间他们就晚上加班。有一位同志身体不好，疲劳过度，昏倒在实验室，不治去世，令人悲痛和怀念。

在“文革”动乱武斗期间，广东海南、云南523领导小组及办公室承担了大量现场管理和后勤保障工作。广州军区卫生部宋维舟部长、邵明政部长，昆明军区卫生部史霞光部长、王礼副部长，海南军区防疫大队郭广民队长，海南行政区卫生局刘通显局长等同志，对每年十几个、二十几个科研工作组进入现场的民间抗疟药采集调查、药物试验的工作组，都亲自过问安排。海南军区为每个523现场试验组派一名军医配合，负责行政、安全和后勤保障工作。海南、昆明523办公室为各工作组选试验点，安排进出现场的接送，做了大量工作。

特别令人不能忘怀的是，一些领导和机关的同志，给了523项目很大的关心支持和鼓励。国家卫生部钱信忠部长在“文革”艰难的处境中，重新工作后听取了523的工作汇报，即给予了很高的评价和鼓励。他说，在“文革”动乱中，523项目不但出一批科研成果，而且保护了一批科研单位，保护了一批知识分子。国家科委医药局田野局长，在“文革”动乱期间，深入实验室检查工作，听取工作汇报，给科技人员以鼓励。国家卫生部科技局陈海峰局长，积极协调解决523地区领导小组和地区办公室的组织机构的工作，在“文革”武斗期间，亲赴云南边境地区检查看望各地在现场的科研工作组科技人员。国家化工部（国家医药管理总局）佘德一同志十分关心支持523的工作，除认真做好本系统的523工作以外，还关心着整个523的工作，凡需化工、医药管理系统解决的问题，有求必应，积极支持。各地区省、市、区，军区领导和机关工作同志，对523工作都十分关怀和支持。海南、云南疟区的部队、农场、当地防疫部门、基层卫生院，对523科研工作组都给予了工作上、生活上的大力支持和协助。他们的奉献是我们不能忘记的！

在各级领导对523任务的关怀支持下，各地523办公室的组织管理者不怕困难，艰苦奋斗，尽心尽职，甘于奉献，为这一事业放弃了自己的专业或原来的职务，奋斗了十几年，有的甚至30多年。他们在523任务和青蒿素研究困难和关键的时候，以对事业的高度责任心、工作毅力和聪明才智，对出现的每一个问题，及时进行分析指导和协调，把这项巨大科研任务推向前进。然而，人们再回首，在青蒿素这一举世瞩目的发明和523其他数十项成果发明中，却没有他们的名字。各地区523办公室的人员有军人，也有地方干部，大多数坚持了十余年，兢兢业业，任劳任怨。有的由于长时间不在原单位工作，领导在安排工作、职级升调时把他们的贡献遗忘了，生活、级别待遇受到一定的影响。上海地区承担523任务的单位多、任务重，523办公室的同志们做了大量组织协调工作。办公室主任王焕生同志，还因523工作外出发生车祸，折断了两根肋骨。这些同志勤勤恳恳，不计较个人得失，遇到困难和挫折，以自己为援外战备尽了一份力量，没有虚度年华而倍感自豪，无怨无悔。

青蒿素荣誉属集体

青蒿素的发明是我国医药科技工作者的集体创造，也是实行全国一盘棋，统一计划，严密分工，发挥大协作，集中优势兵力打歼灭战，用接力赛的形式，攻克一个个难关，多快好省高速度成功研发的一项科技成果。卫生部原副部长黄树则在1981年总结523工作的报告中指出："523工作的特点是部门多，地区广，任务互相联系，工作互相衔接；把科技人员，各专业、现场和实验室，生产和使用，科研和防治等有机结合起来，有组织，有计划，有步骤地开展工作，是523多快好省地完成科研任务的关键。只有在大协作中，才能真正做到思想上目标一致，计划上统一安排，任务上分工合作，专业上取长补短，技术上互相交流，设备上互通有无，彼此互不设防，一方有困难，大家来支援，团结协作。”[55] 在523研究项目中，青蒿素研发成功的事实证明，是我国多专业、多学科、众多科技工作者密切合作“大力协同”的结果，如此重大的研发任务，靠一个单位，一两位科技人员是无法完成的。

熟悉和参加过青蒿素国际合作的原国家医药管理局总工程师、中国工程院院士、原世界卫生组织疟疾化疗小组成员沈家祥教授，针对青蒿素发明精辟地指出：“没有523，就没有青蒿素。”这是对523任务和青蒿素发明实事求是的评价。试想，若没有越南反侵略战争，没有疟疾对军队战斗力的严重影响，没有越南领导人向我国领导人的求援和我国战备的需要，不言而喻，就没有523任务，也没有必要投入如此大的力量，去研究开发防治抗药性恶性疟的药物。否则，又有谁会去专门研究开发中草药青蒿呢？人们难以想象在那个动乱年代，会有哪个单位、哪个人在没有特定的任务的情况下，去为研究青蒿、黄花蒿而投入如此巨大的人力、物力和财力。同时，如果没有523任务的特殊性，也就没有523这种强有力的、科学的、严密的大协作组织模式，也就很难在青蒿和青蒿素研究出现挫折和困难时，全力进行组织和推动，也就很难说有青蒿素今天的成果。

青蒿素及其衍生物的发明引起了国内外医药学界的极大关注。为了表彰对人类作出重大贡献的中国科学家集体，1996年8月30日，香港求是科技基金会为这一研制项目素颁发了“杰出科技成就集体奖——青蒿素”的奖励。受奖单位，除青蒿素的发明单位外，增加了研制青蒿素衍生物的单位。受奖的集体代表是屠呦呦、李国桥、魏振兴、梁钜忠、周维善、李英、朱大元、顾浩明、刘旭、许杏祥。在颁奖大会上，国家卫生部部长陈敏章向大会主席和各位来宾介绍了我国抗疟药研究战线上一支团结协作、艰苦奋斗、作出了重大贡献的科技队伍及部分代表的事迹。他在讲话中指出："在国务院批准的全国523领导小组及其办公室的领导下，全国统一计划，分工合作，在开展抗疟药的研究中诞生了青蒿素。青蒿素抗疟药的研究开发成功，是我国多部门、多学科长期团结协作的硕果。今天表彰的10位科技人员，仅是参与这项工程做出突出贡献的代表。"[56]香港求是科技基金会是把青蒿素作为"杰出科技成就集体奖"进行表彰的，奖励的青蒿素及其衍生物是一项集体的成果。

2004年初，泰国以国王普密蓬·阿杜德名义为研制抗疟药物青蒿素的中国医药科技工作者颁发了泰国最高医学奖——玛希敦亲王奖，以表彰我国科技工作者发明青蒿素及其衍生物、青蒿素复方在治疗疟疾方面所作出的杰出贡献。颁发的奖牌上刻着"中国青蒿素团体奖"。

回忆那段难忘而自豪的历史，为单位、为个人在523项目和青蒿素研发过程中做出的成绩而兴奋不已的时候，不应该忘记那些也曾为523任务和青蒿素的研发，为宝塔顶尖那颗璀璨的明珠增添光彩，甘做奠基石的无名英雄们。荣誉不仅仅属于几个榜上有名的单位，不仅仅属于几个代表人物。523的每一个项目和青蒿素的研发，"它的一切科研成果都是全国多部门、多单位长期共同努力协作的结果"。[57]这一成果不仅是有名者做出的成绩，也有许多无名者的默默奉献。1978年，扬州青蒿素成果鉴定会上报告的资料就凝集着几十个单位和数以百计的个人的辛勤劳动。成果鉴定会上的14名报告人中就有8名所在的单位，在青蒿素发明证书上找不到他们单位的名称。鉴定会上作为主要研制单位的四川中药研究所和江苏省高邮县卫生局，在颁发国家发明证书时，让位于其他单位。因此，获得荣誉的单位和个人不应忘记、不能抹煞他们在青蒿和青蒿素的研究中所作出的历史贡献。除了受奖单位外，其他的49个协作单位和数百名科技工作者的全力协作，也应得到承认和尊重。

青蒿素的研究成果,体现并洋溢着我国科学家对祖国的奉献精神，充分表现出许多知识分子、许多革命干部公而忘私，看事业重如山，视名利淡如水的高尚情操和集体主义气概，这种精神是中华民族走向强盛之灵魂，是值得永远铭记和发扬的。

青蒿素的发明是一代中国科学家和革命干部，为中国崛起而无私奉献的一曲社会主义大协作的凯歌。青蒿素的发明将载入中国医药的发展史册和世界医药的史册！

编　后　语

本书稿是由原全国523领导小组办公室和有关地区523办公室的主要工作人员集体编写。编写者搜集、查阅、核对大量的历史文件资料，本着实事求是，尊重历史，学习有关法律法规，严格依照原始资料，无可靠根据的事不写和不准确的话不说的原则，先后在北京、山东、上海和云南等地区原承担523项目和青蒿素研制任务的单位进行调查访问，召开参加523项目的老同志座谈会，对历史事实和文件资料进行认真核对，对初稿进行多次讨论，反复推敲修改，逐步扩大征求意见的范围，广泛吸收原领导部门、单位、专业组一些人员的修改意见。形成“征求意见稿”后，分送了原523领导小组的有关领导及有关地区、单位从事523项目和青蒿素研制单位的领导、管理者和专家审阅，并于2005年10月26日在北京召开原523领导小组及参加523项目和青蒿素研制工作在京的部分人员座谈会，征求对资料的修改意见，前后历时两年半有余，十数次修改，完成此稿。

大家对事隔30多年后，再把523任务和青蒿素研发的历史进行回顾总结，为重现当年在执行523任务人们的拼搏奋斗，发扬社会主义大协作，无私奉献、自我牺牲的崇高精神，获得了青蒿素等一批成果而倍感自豪和欣慰。

20世纪80年代以来，一些媒体载文称，青蒿素发明权不归属于获得发明证书的6家“共有”，而是属于某单位一家“独有”。有的文书甚至称，某单位“是新药青蒿素专有权的拥有者”。这种说法是违背历史事实的，是不真实的。

本书稿承全国523领导小组组长单位，原国家卫生部钱信忠部长题写书名；原国家卫生部科教局陈海峰局长作序；丛众、杨淑愚、沈家祥、嵇汝运、陈宁庆、宋书元、朱海、罗泽渊、黄衡、吴慧章、万尧德、齐尚斌、李英、吴毓林、张淑改、李泽琳、曾美怡、张逵、苏发昌、詹尔益、王存志、李国桥、卫剑云、郭安荣、孟鹤雁等领导和专家提出许多宝贵的修改意见；编者在编写书稿过程中得到广东新南方青蒿科技有限公司、中信技术有限公司、昆明制药有限公司的支持鼓励，在出版发行等工作中给予必要的经费赞助，在此一并表示衷心感谢！

编　者

2006年10月于北京

附　录

抗疟中草药研究工作经验总结

全国 523 办公室

1980 年 12 月

为了更好地推动抗疟中草药研究工作的开展，遵照毛主席关于“中国医药学是一个伟大的宝库，应当努力发掘，加以提高”的教导，我们把研究工作中的主要经验，包括成功的和错误的经验，加以总结，希望有益的经验能得到推广，而从那些错误的经验中记取教训。

（一）广开思路努力发掘中草药

“523”中草药专题研究组，通过民间调查，10 多年来共收集抗疟中草药及验方上万个，广筛药物 5000 多种，在民间实践的基础上，经过去粗取精，去伪存真，证明青蒿、鹰爪、仙鹤草、绣球等 20 多个中草药有一定疗效。这些有效的抗疟中草药多散布在八仙花科、马鞭草科、苦木科、马兜铃科、防己科等一些科属中。其有效成分的性质，八仙花科植物的有效成分多为生物碱，如常山、缴花八仙、绣球等；防己科植物的有效成分亦为生物碱，如毛叶轮

* 本文选自：全国疟疾防治研究领导小组办公室.疟疾研究科研成果选编（1967～1980）. 内部资料，1981. 141～149

环藤等；苦木科植物的有效成分为苦味质及甙类，如臭椿、鸦胆子等；鹰爪和青蒿的有效成分为中性物质；仙鹤草的有效成分为酚类物质。通过大量的发掘工作，为进一步研究提高打下了良好的基础。

在抗疟中草药的发掘工作中，用现代科学方法进行分析，认识不断提高。如鹰爪，民间用根治疟疾，疗效较差，经过细致的分析、对比，发现用鲜根抗疟作用差，而阴干存放两个月后，疗效则大大提高了。摸索到了这一规律后，使鹰爪的抗疟临床效果得到稳定和提高，从而分离出单体，进行化学结构测定。又如青蒿，中医经验主要用来治疗骨蒸烦热，仙鹤草主要用于止血，而臭椿则用于治湿热和杀虫。虽然古方或民间也有治疗疟疾的记载，但因疗效较差，未能推广。通过化学方法进行去粗取精，提出有效成分使疗效大大提高。实践证明，只要广开思路，本着一药多用和一药多筛的原则，可以为研究抗疟中草药提供丰富多彩的药源。

（二）全面衡量确定重点研究药物

能否选择好重点药物是研究工作成败的一个重要关键。如考虑周密，选择得当，就可以大大缩短研究周期，节约大量人力和物力。在确定一个重点研究药物时有以下初步体会：

对临床基础、动物效价、毒性等方面进行全面衡量，具体分析，尽可能避免片面性。

临床有一定基础，实验室效价稳定，毒性不大，这样的药物定为重点，最为理想。如临床疗效较好，经多次验证结果稳定，实验虽一时反映不出效价的药物，则当重视临床基础，实验室要进一步做深入细致的工作。反之，如实验室效价稳定而较高，但临床结果不满意时，应从多方面寻找原因，也不能轻易放过。

对药物的毒性要作具体的分析。如毒性为杂质所致，则可通过化学工作，降低以至克服其毒性，并不影响成为重点药物。如毒性为有效成分固有之性质，而且有效剂量与毒性剂量距离极近，则不宜作为重点，把工作面铺得过宽，可以根据人力物力条件进行一些克服毒性的探索。

所谓重点，并不是绝对的，更不是一成不变的。应根据实践过程中发生的变化，进行及时分析、总结，按照具体情况，决定主攻方向。如青蒿作为研究重点，也是经过长期同常山、鹰爪等药物全面比较才确定下来的。在对重点药物深入研究的同时，还必须处理好“点”和“面”的关系，继续发掘新苗头，形成新的重点。

在考虑确定重点提高的药物的同时，也要考虑到普及的重点药物。如对一些药源丰富、使用方便、疗效较好、可以就地取材、便于普及推广的药物。如青蒿和广西绣球种植容易，使用方便，疗效较好，在疟疾区发动群众每家种植两三株，作为常备用药，或制作简易制剂对疟疾防治有较大意义。所以对其毒性、有效剂量，以及剂型改进等方面进行一系列工作，也是必要的。

（三）反复实践掌握提取有效成分的规律

由于中草药化学成分复杂，所以在提取有效成分时，必须做过细的工作。多年来的实践证明，只要坚持研究，提取中草药有效成分的规律是可以被认识的。

抗疟中草药的有效成分性质不同，提取的方法也应该有所不同，而不能采用千篇一律的办法。如常山、臭椿的水煎剂或酒精提取物都有效，而仙鹤草的水提取液却无效，苯或酒精提取物则显效。青蒿乙醚浸出液疗效好，酒精提取物疗效差，水煎则基本无效。鸦胆子水煎和酒精提取有效，而苯提取则无效。鹰爪水煎剂或酒精提取物均有效。这些事例说明，提取方法不当，会使有效药物变为无效，精华被当作糟粕去掉。因此，对有效成分不明的中草药，既要从原方入手，同时也要有步骤地试用多种方法提取，分别观察疗效，并进行多方面比较，才能判断效果，摸出规律。

在中草药提取过程中，还必须严格控制条件，以防有效成分被破坏。例如臭椿叶用水煎剂对鼠疟效价较好。经烘箱烘烤成粉，效价大减。青蒿简易口服水煎剂，煎煮2～3分钟效果好，煎煮时间久效果差。说明高温往往易使有效成分遭到破坏。

剂型选择是否恰当，常是影响动物疗效的重要原因之一。如仙鹤草的有效成分是脂溶性的，制成麻油剂能充分发挥疗效，若采用西黄蓍胶混悬则疗效较差。

毒性与疗效的矛盾，是抗疟中草药研究工作中经常遇到的一个问题。如"有毒"与"有效"不是同一成分，可能通过分离提纯除去有毒部分，以达到保持疗效降低毒性的目的。如青蒿的乙醚提取物，用氢氧化钠去酸性部分及叶绿素，不仅能使毒性大大降低，而且单位效价也有所提高。巴豆用55度的酒和水煮沸能减轻腹泻而保持原有抗疟作用。此外还可用酸洗法（除去有毒的生物碱），碱洗法（除去有毒的酸性成分或减轻脂类、内脂类化合物分解），水煮法（使有毒成分水解）以除去或减轻毒性。如果"有毒"与"有效"是同一成分引起，则需用配伍、制剂，或改变有效成分化学结构加以解决。

当一个中草药的疗效在动物实验和临床上被肯定以后，要使认识不断深化，必须进一步运用近代技术分离有效单体。一旦分得有效单体，经动物和临床确证有一定疗效后，即可根据具体情况进行结构式的研究，搞清有效单体化学结构，以便进行化学改造，提高疗效，减轻副作用，并为合成药物的设计提供新的线索。

（四）正确对待动物模型

用鼠疟、鸡疟及猴疟模型作为抗疟药的实验研究工具已有几十年的历史。实践证明，以上这些动物模型也是研究抗疟中草药较好的工具。

开始曾简单地认为民间基础好的抗疟中草药很多，实验室用动物筛一筛，就可找到理想的抗疟药。但结果并非如此。民间反映疗效较好的中草药，动物效价往往很低，甚至完全反映不出来，从而就对动物模型能否反映中草药疗效的问题，产生了怀疑。

随着实践经验的积累，提取和筛选方法的不断改进，证明动物模型还是筛选抗疟中草药较好的工具。临床有肯定疗效的中草药，只要提取方法恰当，过细地做工作，动物模型一般是能够较正确地反映效价的。反之，对鼠疟、鸡疟、特别是猴疟效价高的中草药，在临床上也有相应的疗效。也就是说，动物模型反映的效价与临床结果基本上是一致的。如青蒿、鹰爪、仙鹤草分别对鼠疟和猴疟有99%的抑制率，临床上也取得了近似的结果。

在实验室工作中，经常会遇到动物效价不稳定的情况，一时高，一时低，甚至无效。其原因有的与模型有关，但还有其他各方面的因素，必须全面分析，找出原因。

（1）与操作技术有关：如配血的稀释度是否一致，接种、配药、给药、涂片、染色、镜检等是否过细或有差误。

（2）与给药途径有关：如木防己水煎剂及丁醇提取液灌胃，鼠疟基本无效；而木防己丁醇提取液作皮下注射时，就有60%～70%效价。青蒿素口服剂量大，效果差，注射剂量小，效果好。

（3）与药物剂型有关：如绣球、臭椿水煎剂等对鼠疟有99%以上的效价，而仙鹤草的水煎剂则无效。改用苯提取后，其酸酚性部分用麻油配成油剂，能使鼠疟及猴疟原虫转阴。而其相同部分用西黄芪胶配成混悬剂对鼠疟及猴疟的效价就很低。

（4）与给药剂量有关：如南天竹的氯仿提取物65毫克/千克，对鼠疟的抑制率为20%；80毫克/千克，上升到50%；120毫克/千克，则提高到97%。

此外还与药物采集季节、生长地区、环境、鲜陈情况以及制作条件等都有一定关系。其中尤以青蒿产地为最明显。

因此，对一个药物效价的高低，或药理实验结果不稳定，或与临床结果不符时，不能不加分析地都归结为动物模型的原因。正因为如此，对动物模型反映无效、低效或只有中等效价的药物，必须坚持反复实践。从各方面寻找原因，进行改进提高，就有可能变无效为有效，变低效为高效。

实验室与临床出现的结果不一致，除上述原因外，也不能排除动物与动物、动物与人之间的差异。相同药物对动物模型不一定都同样敏感，而人和动物对药物的敏感性又可能不完全一样；猴疟比较接近人疟，因此优于鼠疟和鸡疟。但由于猴疟来源和经济价值等原因，鼠疟仍然是抗疟中草药筛选工作中最常用的模型。对临床疗效较好、且鼠疟反映不出来的药物，最好选择两种以上动物模型进行筛选。

总之，既要肯定动物模型的作用，但又不能迷信它。至于一个药物疗效的最后评价，还应以临床结果为主要依据，并结合实验室的工作，才能做出比较正确的判断。

（五）选择最佳方案，不断提高药物临床疗效

临床验证是评价药物疗效最重要的依据。但在抗疟中草药的临床验证过程中，往往遇到疗效不稳或同一药物在不同地区出现不同疗效的现象。这对于正确判断一个药物疗效，确定研究重点带来

了一定的困难。出现这种情况的原因是多方面的，除与药物本身的质量有关外，对临床病例选择、验证标准、观察是否细致和镜检技术等有着密切的关系。如草龙曾先后两次在广西同一现场进行验证，由于临床规定标准不同，结果所得治愈率也不同。又如鹰爪对海南岛本地人口与外地人口的验证结果也有很大差别。

此外，药物的剂量、剂型、给药途径、给药方法，以及地区原虫株的不同等，也是造成临床验证结果不一致的原因。如毛叶轮环藤在海南现场验证疗效较好，而在云南现场的疗效却大大降低。又如仙鹤草采用的剂型不同，临床结果也有很大不同。

通过几年来临床验证实践，我们认为，为了正确判断一个药物的疗效，必须要有统一的验证标准，严格控制验证条件，严密观察病情，过细地做工作，并根据具体情况作具体分析。这样才不致被假象所迷惑，取得比较正确的临床效果。

临床验证工作是抗疟中草药研究工作中的一个重要组成部分。它不仅是为了对一个药物作出“有效”或“无效”的结论，更重要的是充分发挥临床工作人员的主观能动性，进行深入细致的观察和分析研究，从低效中挖潜力，从无效中找原因，确定合理用药剂量、疗程和使用方案，以达到提高临床疗效、降低副反应的目的。如鹰爪提取物，按实验室推荐剂量对外来人口疟疾只有39%的疗效，后经临床与实验室密切配合，认真分析，在药物安全剂量范围内不断提高临床用药剂量，和使用集中给药的方法，终于使临床疗效从39%提高到95%以上。又如缴花八仙按实验室推荐剂量虽有90%以上的疗效，但呕吐反应剧烈。临床采用减少单次服药剂量，增加服药次数的方法，终于在保持疗效的同时使呕吐副作用大大减轻。青蒿素开始上临床时近期复发率较高，经过摸索调整方案，改进制剂后复发率大大降低。

植物驱避剂研究工作经验总结

全国523领导小组办公室

1980年12月

蚊虫是“四害”之一，分布范围极广，可以传播多种疾病，特别是疟疾，对战备和人民健康危害甚大。523驱避剂专题研究组多年来坚持反复实践，从发掘民间“一把草”开始，到用化学方法进行人工合成，研制出多种新型植物驱避剂，提供成批生产和推广使用，受到广大工农兵群众的欢迎。现将开展这一研究工作的主要经验总结如下：

（一）深入实际努力发掘民间植物驱蚊药

植物驱蚊药的研究工作，是从1967年适应战备要求开展起来的。工作一开始，同志们急战备之所急，肩负行装，纷纷深入海岛、边疆和山区农村，向老农、草医、猎户、牧人等调查。广大人民群众在长期与蚊虫作斗争中积累了很丰富的经验。通过调查，从群众那里找到了许多有苗头的植物驱蚊药，也学到了丰富实用的驱蚊方法，如涂抹、喷洒、熏烟、点灯等。

* 本文选自：全国疟疾防治研究领导小组办公室.疟疾研究科研成果选编（1967～1980）. 内部资料，1981. 137～141

调查逐步深入，认识不断提高。在发掘民间植物驱蚊药的基础上，经过反复实践，从个别到一般，根据植物科属的特点，进行更加广泛的采集和筛选。科技人员在工作中总结出一种在野外直接用新鲜植物进行快速筛选的简易方法，采取边调查，边采集，边筛选，边验证的方法，大大加速了研究工作的进程。

为了准确地观察植物药的驱蚊效果，在野外，科技人员用自己的手和腿涂上药来试验。很多同志被蚊子咬得又痛又痒，起了满手一腿的疙瘩还要坚持试验。

经过几年的努力，广东、广西、云南、四川、南京、北京、上海和沈阳等地区总共调查了160个县，700多个公社，收集民间驱蚊方药3300多种。经过初步试验，从中选出有驱蚊苗头的植物有柠檬桉、广西黄皮、松树、野薄荷、山苍子、香茅、土荆芥、枫茅、紫苏、徐长卿、青蒿、柚子皮、桦树皮、丁香罗勒、白杷子、黄杞、姜樟、桂树、橡胶子、川芎、茴香等百余种。为进一步研究我国植物驱蚊药提供了丰富的资源。

（二）偶然发现，打开研究工作局面

从民间调查和采集来的3000多种植物，经过初步筛选，虽然发现了一些苗头，但还未能找到一个重点研究药物。有的人气馁地说："植物调查二三千，长效药物不沾边。"使研究工作徘徊了一两年深入不下去。

广西小分队的同志，对收集来的200多种有一定驱蚊作用的植物又进行了认真的分析和反复试验，偶然发现存放2年的土荆芥油有长达3～4小时的驱蚊效果，而用新鲜土荆芥油对照筛选时还不到1小时。这一现象引起了大家的重视。科技人员抓住这一线索，跟踪追击，又把存放2年凝集在瓶盖上的一滴广西黄皮油拿来进行

试验，结果也同样出现了驱蚊有效时间延长的现象。

在这同时，四川、广东地区驱蚊药研究小组也发现了新鲜和存放的簕棁油、竹叶椒油和柚子皮油驱蚊效果的差异。这就进一步说明了一些植物油陈与新驱蚊效果的差异并不是一个偶然的现象。

经过分析，科技人员认为：存放2年的土荆芥油和广西黄皮油的驱蚊时间长是一个现象，其问题的本质可能是由于空气、温度和长时间光照作用引起植物油内在的化学变化，使驱蚊效果由短效向长效转化的结果。实践是检验真理的唯一标准。为了进一步证实这个假设，采取模仿自然条件，先后对山苍子复馏头油、轻质松油、柠檬桉油、八角茴香脚油、留兰香头油等38种样品，采用人工加温通气处理，结果大多数驱蚊效果都有不同程度的提高。并总结出了“人工加温通气”和“油水混合转化”加速植物油陈化，变植物驱蚊药短效为长效的新技术方法。

（三）敢于实践，不断提高，探索植物驱蚊药的规律

“人工加温通气”、“油水混合转化”方法的试验成功和提出植物结晶，对提高一些植物驱蚊药的效力是行之有效的。经实验室和现场初步验证，其中柠檬桉油渣有效成分、轻质松油转化产物和野薄荷结晶等，均具有较好的驱蚊效果。但加温通气处理需要的时间长，产量低和成本高，提取植物结晶往往受到资源限制等，仍不能解决工业化生产和满足广大工农兵的需要。旧的矛盾解决之后，又出现了新的矛盾。还需要用现代科学方法，定出有效成分的化学结构，才能为大量合成驱避剂提供条件，才能把科研成果变为直接为工农兵服务的产品。

认识不断深化，科研工作步步深入。由于上海、广东、广西、云南等地区驱避剂专业组的共同协作，克服重重困难，经过一年努

力，先后定出了柠檬桉油渣、野薄荷结晶、广西黄皮油转化物、野花椒结晶和轻质松油转化物等5种植物驱蚊药的化学结构。在鉴定这些植物驱蚊药化学结构的基础上，科技人员又综合分析了国内外合成驱蚊药的结构，初步总结出这些植物驱蚊药的化学结构与驱蚊作用之间的一些规律性的东西：

（1）目前已发掘的植物驱蚊药可能多数属于单环含氧萜类化合物；

（2）在萜类二醇中，间二醇与邻二醇较其他二醇可能有较好的驱蚊效果；

（3）大多数驱蚊药具有两个基团，如羟、酮、酯、酰胺等极性基团；

（4）作为涂抹驱蚊药的沸点一般在250℃～350℃之间为宜，沸点太低驱蚊时间短，沸点太高则驱避力减弱；

（5）涂抹驱蚊药的驱避效果还与物态有关，一般熔点或凝固点以不超过60℃为佳。

以上这些规律只是从个别的植物驱蚊药化学结构中初步找到的一些规律性的东西，在认识上产生了一个飞跃。但这种规律是否正确，还有待于回到实践中去检验。在结构鉴定之后，广东、广西、上海、云南等地以柠檬桉油、松节油下脚料——双戊烯等为原料，采用半合成工艺路线，成功地试制出多种萜类植物驱避剂，并逐步完善工艺，降低成本，已进行成批生产。目前这些新型植物驱避剂，已成批支援战备，供应市场，深受广大工农兵群众的欢迎。

523抗疟药青蒿素及其衍生物研究专题工作报告

（1970～1980年）

自20世纪60年代初期发现氯喹的抗性株疟原虫以来，寻找新型抗疟药已成为疟疾防治研究的一项重要任务。祖国医药学有大量关于防治疟疾的记载，从中医中药里寻找新抗疟药是一个重要途径。在全国疟疾防治研究领导小组及有关省、市、自治区，军区的领导和支持下，抗疟中草药专题研究组的全体同志，把敬爱的周总理对523作的亲切关怀当作巨大的动力，急战备之所急，不畏艰难，迎着困难，十多年来通过大量民间调查，爬山涉水采集药物标本，共收集有关中草药及单验方上万个，筛选药物达5000余种。毛主席关于“中国医药学是一个伟大的宝库，应当努力发掘，加以提高”的教导，经常激励大家攀登医药科研高峰，在继承发扬祖国医药学遗产上做出成绩。在进一步总结历代医籍、本草和大量实验工作的基础上，抓住东晋时期葛洪的《肘后备急方》书中青蒿“鲜汁”截疟一方，进行深入研究，经用现代科学知识和方法，结合中医用药特点，反复研究，经过多次失败，终于有所发现。1971年10月，中医研究院中药研究所从中药青蒿中找到了抗疟有效成分。1972年经海南昌江地区，解放军302医院对间日疟20例、恶性疟10例，共30例验证，确定其抗疟疗效。在全国523办公室积极支持下，并及时组织全国大协作，于1972～1976年中医研究院中药研究所、山东省中医药研究所和云南省药物研究所先后分离出有效单体青蒿素的大好局面；1974年广州中医学院和云南药物所扩大青蒿素的临床验证，进一步肯定疗效并突破了抢救脑型疟的先例，这对青蒿研究又是一个鼓舞；1975年由中医研究院、山东、云南、广东、四川、江苏、湖北、河南、广西、上海，中国科学院和中国人民解放军有关单位共同组成青蒿研究协作组，从化学、药理、临床、资源、生产工艺、质量规格、制剂、衍生物等方面进行了深入系统的研究。

化学研究方面，在经历了发掘、从青蒿中分离出抗疟有效成分——青蒿素后，接着就是青蒿素化学结构研究。根据光谱数据，化学反应、X-射线单晶衍射，确定了青蒿素分子结构和绝对构型，证明青蒿素是一个具有过氧基团的新型倍半萜内酯，是与已知抗疟药完全不同的新型化合物。通过结构与疗效关系的探讨，认识到在青蒿素结构中过氧基团是抗疟有效基团，过氧基团一破坏，抗疟疗效也被破坏，在保留过氧基团的基础上，把结构中的羰基还原为羟基（即还原青蒿素），则抗疟效价比青蒿素提高，羟基的氢被某些基团取代后，抗疟效价进一步提高。这一规律的掌握为青蒿素的结构改造、衍生物研究创造了条件，在青蒿素衍生物研究中，近年来上海、广西、北京、山东等单位，针对青蒿素近期复燃率比较高、制剂不够理想等缺点做了很多工作，制备了酯类、醚类等几十个衍生物，其中上海药物研究所的蒿甲醚，广西桂林制药厂的“804”和“887”经深入研究，试用于临床，并作了鉴定。它们在保留青蒿素的优点上，还各具有油溶性或水溶性较青蒿素强，便于制成注射剂，临床疗程总剂量比较小，速效比较显著等优点。“804”钠由于水溶性，还能够做成静脉注射剂，具有便于抢救的特点，在青蒿素的基础上又前进了一步，有了新的进展。但在近期复发率的问题上，仍有待进一步研究提高。

青蒿素的化学合成，难度比较大，中国科学院有机化学研究所正在努力攻克中。

青蒿资源调查方面，不仅了解到青蒿在我国南北各省广为分布，资源极为丰富，而且发现海南、广西、四川等南方各地所产青蒿，青蒿素含量高，杂质少，从而使青蒿素的生产工艺由繁而简。用溶剂汽油提取，操作简便，可以成批生产。由于青蒿资源丰富，特别是青蒿是一年生草本植物，生态适应性强，成批野生，因此为平战结合、就地取材推广使用创造了条件。或经简单加工，制作成简易的鲜汁、氽剂应用。提取成简便的醇浸膏片经1000多例验证，除复燃率高于青蒿素外，疗效也是好的。可以达到临床治疗的目的，结合资源调查和生产需要，还建立了含量测定方法、质量标准规格。

为适应临床需要，制剂方面也不断改进提高，从片剂、油剂、油悬剂到水混悬剂。经临床验证，水混悬剂比较好，复发率比较低。

药理研究方面，经鼠疟、鸡疟、猴疟模型实验证明青蒿素对疟原虫红内期有直接杀灭作用。青蒿素对实验动物毒副作用低。在机体内吸收快、分布广、排泄快。电镜观察可见青蒿素对鼠疟原虫的作用部位主要是膜系结构，其抗疟作用机理认为是干扰了疟原虫的表膜——线粒体功能。青蒿素未发现有致突变作用，致畸实验尚在重复进行中。

临床疗效方面，自1972年以来，全国10个省、市、自治区用中药青蒿制剂和青蒿素制剂在海南、云南、四川、山东、河南、江苏、湖北以及东南亚恶性疟、间日疟流行地区进行了6555例临床验证。其中青蒿素制剂治疗2099例，用于救治脑型疟141例，证明在速效、低毒方面，优于氯喹和现有其他抗疟药物。青蒿素治疗恶性疟588例，间日疟1511例。平均退热时间和疟原虫平均转阴时间明显快于氯喹，但复燃率比较高，注射剂为10%左右。治疗抗氯喹原虫株恶性疟143例，具有显著效果。例如1977年在海南昌江七坊公社卫生院抢救一例脑型疟患者，黎族4岁小孩高亚兴，为恶性疟，经用氯喹加伯喹治疗一个疗程，因病儿患的是抗氯喹株疟疾，因而未能控制病情的发展，迅速恶化转为脑型疟，病儿昏迷，危在旦夕，经改用青蒿素抢救，27小时便清醒，原虫转阴，转危为安，一周即出院。这样类似的例子是不少的。1976年我国赴柬埔寨医疗队，在抗氯喹株疟疾达70%以上地区实地使用，也取得满意疗效，深受欢迎。

总起来说，青蒿素的抗疟疗效是突出的，作为治疗药物，它和目前的抗疟药物比，有速效、低毒的优点，特别在救治脑型疟和抗氯喹恶性疟方面达到了国际先进水平。

青蒿素的研究成功是我国医药科技人员坚持走中西医药结合道路，继承发扬祖国医药学遗产的一项重大科研成果，是抗疟药研究史上继喹啉类药物之后又一突破。青蒿素是与已知抗疟药完全不同的新型化合物，从而为进一步寻找抗疟药开辟了新的途径。

青蒿素科研成果于1978年11月由全国疟疾防治研究领导小组鉴定。1977年在全国科学大会上获重大科技成果奖状。1979年荣获国家二等发明奖。

青蒿素作为抗疟新药，已引起国内外的普遍重视。影响亦日益扩大。联合国开展计划总署及WHO准备今年四五月间来我国召开第四次疟疾化疗会议，重点讨论青蒿素研究合作与发展问题。

面对这样一个形势，我们还有很多工作需要深入，对今后研究提出几点建议：

（1）加强组织领导，分工协作，避免重复；

（2）加强抗疟作用原理和体内代谢过程等研究，更全面地认识该药的特点、规律，以便更好地指导临床实践；

（3）继续开展青蒿素化学合成和结构改造，研究争取近期复发率有明显降低并寻找新药；

（4）对青蒿资源进行全国性调查，组织落实生产点，继续改进工艺，提高产量，降低成本。

青蒿素及其衍生物研究协作组

1981年3月2日

523抗疟药物专业组科研工作报告（摘录）

（1967～1980年）

疟疾是五大寄生虫病之一，流行甚广，直接影响生产，危害广大军民健康。根据中央关于加强热区战备的指示精神，自1967～1980年，先后3次制定研究规划，针对热区恶性疟发病率高、抗药性强和部队在野战条件下难以防治的特点，贯彻平战结合、中西医结合的方针，重点研究解决无抗药性长效预防药、疟疾治疗药、抢救凶险型恶性疟的急救药等。经过近14年来的努力，研制出一批具有疗效高、使用方便、易生产推广的新防治药物，较好地完成了规划提出的各项研究任务，达到了国内外先进水平。在战备、援外和国内防治中发挥了重要的作用，深受广大军民的欢迎。在取得这批新的科研成果的同时，在我国还建立了一系列疟疾实验动物模型，开展了大量药理、毒理学、新技术和一些相应的基础理论研究工作，并培养成长了一支专业配套和技术精炼的抗疟药科技队伍。

（一）中草药的研究

用中草药治疗疟疾在我国有几千年的历史。民间蕴藏着极其丰富的经验。为了把这些散在的经验用科学方法加以总结提高，十几年来，参加这项研究的科技人员，不辞劳苦，走家串户，翻山越岭进行了大量民间调查，收集抗疟中草药验方上万个，广筛药物5000

多种，在大量发掘的基础上经过去粗取精，去伪存真，选出20多种有效中草药进行深入提高的研究。

中草药研究情况复杂，受产地、季节、鲜、陈、提取方法、给药剂量等多种因素的影响，再加上动物筛选、临床验证的复杂性，经常出现时高、时低效价不稳的情况。因此，对一个中草药的评价往往需要做大量艰苦细致的工作。通过十几年科学实践，总结了成功的经验和失败的教训，初步总结出用现代科学技术方法发掘提高抗疟中草药的一些规律性的认识。

从有效部位中分离有效单体并测定其化学结构以扩大合成路线，是抗疟中草药研究的一个重要课题。利用现代分离技术和近代物理仪器成功地从4种中草药（青蒿，鹰爪，仙鹤草，陵水暗罗）中分离出多种有效单体，肯定了它们的抗疟效价，测定了结构，有的还通过全合成进一步证实其结构。这些工作都具有一定的科学水平。常山在我国治疗疟疾已有2000多年的历史，同志们从植物中分离出常山乙碱，并通过结构改造，改善了常山乙碱的呕吐副反应，有的化合物已进行了临床验证。

从结构来分析这些抗疟有效成分均属新结构类型，这是在以往抗疟药中所没有的。例如青蒿素的化学结构，是具有过氧基团的新型倍半萜内酯，鹰爪甲素结构中含有一六元过氧环，仙鹤草酚为间苯三酚衍生物的三缩聚体，暗罗素为含锌的金属化合物，这些结构测定给化学合成提供了极其有价值的参考。其中特别是青蒿素的发现不仅具有很大的实际应用价值，而且有它的理论意义。它打破了几十年来一直被人奉为经典的“抗疟药必须具有含N（氮）的杂环”的传统概念，向人们揭示出一片寻找新抗疟药的广阔新天地，是抗疟药研究史上继奎宁之后的又一里程碑，是中西医药结合的光辉典范，它具有无限生命力。在以青蒿素为原料的结构改造中又找到了蒿甲醚，它油溶性大，能制成油制剂，复发率也有所下降，使青蒿素类化合物在应用方面又向前推进了一步。青蒿素的发现在国际上也有重大影响。许多外国专家纷纷来电来函，要求协作。世界卫生组织今年四五月间也准备派代表团来我国专题交流。

（二）合成抗疟药的研究

自20世纪60年代出现抗氯喹恶性疟以来，抗药性问题就成为疟疾防治研究中的中心课题，如何寻找与氯喹无交叉抗药性的新药是世界上需要迫切解决的一大课题。

十多年来共设计合成了1万多种化合物，广筛了4万多种药物样品，从中找出鼠疟初筛有效的化合物近1000种，其中有47种进行了猴疟试验，38种经过了临床前药理毒理的研究，经全国523领导小组批准有29种进行了临床验证，14种药物（其中8种新药）通过了鉴定，其中预防药4种（防Ⅰ、防Ⅱ、防Ⅲ、哌喹），治疗药6种（治疗宁，复方磷酸咯啶，羟基哌喹，磷酸羟基哌喹，常咯啉，蒿甲醚），急救药3种（脑疟佳，磷酸咯萘啶针剂，磷酸咯啶针剂），根治药1种（硝喹）。

研制出的新药部分已经成批生产，提供外援，装备部队，并推广民用。自1973～1979年仅疟疾预防药防Ⅰ、防Ⅱ和防Ⅲ援助越南南方和柬埔寨的数量达101吨，使当地疟疾月发病率由20%～60%下降到5%以下。1976年我国“疟疾防治考察组”带着我们研制出的新药前往民主柬埔寨，在高疟流行地区和病人密集的医院中应用，收到良好的效果，快速，安全，治愈率高，病人迅速出院，帮他们解决了严重的疟疾问题，获得柬方高度赞扬并受到柬共中央领导人的多次接见。这些药物在我热区部队中应用也得到满意的效果。在国内对控制云南、海南和河南等地的疟疾暴发流行也起到了重要的作用，特别是在有氯喹抗药性流行地区使用，效果尤为显著，深受广大工农兵的欢迎和国外的重视。

目前我国的新抗疟药，不仅品种多，而且基本配套，预防药有防Ⅰ、防Ⅱ、防Ⅲ和哌喹，口服一次分别有7天、半个月和1个月的预防效果。在热带地区军民中使用，一般均可使疟疾月发病率由10%～20%下降到2%以下。治疗药有6种在对氯喹抗性较普遍的地区应用，效果较好，对解决目前抗氯喹恶性疟的治疗，提供了条件。急救药有3种，与氯喹均无交叉抗药性，对救治脑型疟和抢救危重病人与国外现在应用的急救药包括氯喹、奎宁等相比，具有快速、安全的特点。根治药复方硝喹8日疗法与氯伯喹8日疗法的效果基本相当，而且剂量小副反应轻。在根治药的研究中，还有一些新的进展，如抗坏血酸伯喹、古罗酸伯喹在现场试用，初步证明根治效果和磷酸伯喹相当而毒性明显下降，辛酰伯喹对感染子孢子的猴一次注射，连续观察6个月未见原虫复发，已初露苗头。

（三）动物模型和实验技术的研究

寻找新抗疟药，动物模型和筛选方法是首先要解决的问题。523办公室成立以来抓了动物模型的建立，在国内已有鼠疟（P.berghei）和鸡疟（P.gallinaceum）2株动物模型的基础上，又先后从国外引进了2株鼠疟模型（P.b.b.NK 65， P.yoelii）和3株猴疟模型（P.inui，P.cynomolgi，P.knowlesi）。由于科研工作的需要，我们自己又培育了4株动物模型（鼠疟原虫—斯氏按蚊系统鼠疟模型，猴疟原虫—斯氏按蚊系统猴疟模型，鼠疟原虫抗氯喹株，血传鼠疟原虫抗乙胺嘧啶株）。到目前为止，我们已经有11株动物模型可供筛选，评价新药。每株动物模型能反映抗疟药某一方面的特点，适当配合应用，能较准确地筛选出治疗药、抑制性长效预防药、根治药和病因性预防药。此外还建立了利用蚊媒试验系统和体外培养的原虫进行体外筛选的方法。蚊虫媒介方面在实验室成功地饲养了中华按蚊、微小按蚊、巴拉巴按蚊、斯氏按蚊、雷氏按蚊等。

新药上临床前必须经过严格的药理实验,毒性观察和健康人试用3个阶段以确保药物安全有效。通过大量化合物的研究，在这方面积累了较丰富的资料和经验,药物效价测定和安全评价的工作逐渐完善和系统化,总结出临床前药理毒性的一般要求和药物上临床的标准。根据不同药物，设计相应的实验以阐明其作用特点。如用电子显微镜观察长效预防药哌喹在动物肝脏的贮存情况;通过钙磷含量、结构组织和材料力学等方法系统研究了脑疟佳对骨质的影响，并用ERG和大脑皮质诱发电位观察该药对视觉的影响；通过鸡、猴、人的疟原虫在蚊体内发育的观察，研究硝喹阻断孢子增殖的作用;深入研究了磷酸咯萘啶对心血管系统的影响,以及家兔溶血测定方法和猫、鸽呕吐试验等都是针对药物特点而进行研究的，还初步开展了三致（致癌、致畸、致突变）实验研究以及鼠和人疟原虫超微结构和青蒿素、脑疟佳对鼠疟超微结构的研究。

药物代谢的研究不断深入，初步开展了药物代谢动力学的研究,利用放射性同位素观察了哌喹、羟基哌喹、青蒿素和蒿甲醚等药物在动物体内代谢情况；开始注意了剂型对生物利用度的影响，与前10年相比，实验室的研究在深度和广度上都有很大提高。

近14年来，研制出科研成果45项，其中中草药11项，化学合成药19项，动物模型及技术方法15项。有的接近和达到了国际先进水平。青蒿素、防Ⅱ、防Ⅲ、羟基哌喹、磷酸咯啶、磷酸咯萘啶、脑疟佳，巴拉巴按蚊实验室驯化与养殖等12项荣获全国科学大会奖，有3项获得部委、省、市科学成果奖，所研制出的成果都已发挥了重要的作用,在国际上也产生了积极的影响。美国由于越南战争的需要，自1960年开始投入了大量人力物力，共筛选了近

30万个化合物，找到了一些新药，但没有跳出原来类型的框框。与国外相比，我们寻找新药效率高，花钱少，周期快，在使用上已达到和超过国际水平，如控制疟疾的流行、降低发病率及抢救脑型疟等，而且思路广阔，创造出了前所未有的新类型药物如青蒿素、脑疟佳等，为寻找新抗疟药开辟了新的途径。

近14年来，523药物研究专业组的科研卫生人员，实行科研与防治结合，深入边疆、山区、农村、连队，预防疟疾近百万人次，治疗疟疾30多万人，抢救危重脑型疟上千人。通过大量科研与现场实践积累了丰富经验，形成一套寻找新药的工作方法，并制定了抗疟药临床验证指标和鉴定投产前的要求。

在抗疟药物研究方面能取得这么大的成绩和进展，主要是：

（1）领导重视，组织健全，办公室在组织协调这项工作中发挥了积极作用，计划列入各部门，任务落实各单位，保证了各项工作的顺利开展。

（2）有一支专业配套，技术精湛，具有高度政治责任感的技术骨干队伍。他们深入实际，努力钻研，勇于创新，不怕困难，具有献身精神，为发展我国抗疟药研究作出了贡献。

（3）任务方向明确，计划安排落实，工作协调及时，专业组定期总结交流。学术空气比较活跃，充分调动了科技人员的积极性。

（4）搞好协作，寻找新药是一门综合性的研究，必须使实验室研究、临床、生产各个环节紧密配合一环扣一环，才能加快速度，缩短周期。这么多环节，这么大量的工作，仅仅依靠任何一个部门、一个单位都是无法完成的，只有加强协作，共同研究才能完成。

……

523抗疟药物专业组

1981年3月2日

523驱避剂、杀虫药械专业组科研工作报告（摘录）

（1967～1980年）

驱避剂、灭蚊器械研究专业组

1981年3月2日

（一）驱避剂（略）

（二）超低容量喷雾器

1973年秋开展了这项研究，经过7年的努力，已初步研制出大、中、小型超低容量喷雾器共5种。大型的有大型车载超低容量喷雾器，中型的有东方红－18型超低容量喷雾机，小型的有肇－78型手持电动超低容量喷雾器，西湖801－型超低容量喷雾器，SE－5型手持式静电超低容量电动喷雾器，还有正在试制的其他喷雾器。

1. 大型车载超低容量喷雾器。

由发电机组、空气压缩机、雾化器、贮药器和控制台等部分组成。这些部件全部安装在广州130货车上，有8个雾化器喷雾，由排风扇将雾送出，在风速为0.8～1米/秒，射程可达80米。每分钟可喷洒170～400毫升药液，雾粒直径为7.5～35微米的占91.3%，车速每小时为15公里/小时，可喷洒1800亩（120.06公顷）地。控制蚊、蝇密度，预防疾病收到较好的效果，具有省人、省力、省药和功效高的优点，适于野外园林和城市郊区大面积杀虫，已鉴定使用。

2. 东方红－18 型超低容量喷雾机。

是最早研制成功的第一种机动超低容量喷雾机。根据我国农机产品特点，研制了适合于风动转盘超低容量喷头，与原机东方红－1S 型背负弥雾喷粉机配套，机重 14.5 公斤，风机的高速气流吹动喷头，每分钟旋转 1 万～1.5 万转，药液经高速离心分散，被粉碎成细小均匀的雾粒，直径为 15～75 微米，并由风吹至远处，每小时可喷洒 60～100 亩（40020～66700 平方米）稻田或草地，比原机提高功效 10 倍以上，在国内十余个省和地区使用，证明使用合理，效果良好。喷洒辛硫磷，每亩 22.5～79.5 毫升，12 小时后蚊幼虫密度下降达 90%～100%。在居民点每 10 天喷洒一次辛硫磷与马拉硫磷各半的混合剂，成蚊密度下降率达 95%～100%，疟疾病例也有所减少；在唐山抗震救灾中曾发挥了良好的灭蚊、蝇作用。本机已列入部队装备，农业上已推广应用，被北京市评为优质产品，本机的应用技术已汇编入《超低容量喷雾灭蚊器械专辑》，内部出版。

3. 肇－78 型手持电动超低容量喷雾器。

重 1 千克，由一个微电机带动转盘雾化器，转速每分钟 8000 转，可喷油剂 5 毫升，雾粒直径为 6.2～74.5 微米的占 90%，有效射程 1 米，每小时可喷洒 1.5 亩（约 1000 平方米），适用于室内和半室外速效和滞留喷洒，防治蚊、蝇、蠓效果好。3 年来试产 3000 多台，试用部队和卫生防疫部门认为本机可定向喷雾，轻便灵巧，功效高，售价廉，用电少，省药剂，1980 年鉴定定型。

4. 西湖 801 型超低容量喷雾器。

为改进同类产品存在的缺点，借鉴国外喷头样品制成。净重 0.6 千克，喷头为小蘑菇状转盘，由微电机带动，每分钟旋转 8500～

9000转，可喷马拉硫磷17毫升，雾粒直径为8.7～52.4微米的占97%以上，用于室内灭虫效果好，1980年鉴定定型。

5. SE-5型手持式静电超低容量电动喷雾器。

为改进超低容量喷雾雾粒的飘移和散落，减少环境污染，节省药剂，使定量药剂快速、均匀、向地喷洒到目标物上去，达到表面滞留杀虫的良好效果，研制了由超低容量喷头与高压静电发生器结合制成的静电喷雾器，高压静电发生器可产生25～30kV的高压静电，可使一定距离内的喷洒目标形成静电场，喷出的雾粒便在此静电场内移动，并被吸向喷洒目标，达到均匀覆盖。当喷头离地面1.75米高，距喷洒目标1.5米远时，表面上的有效喷洒直径为3米（面积为7.07平方米）。用于墙面滞留喷洒，静电喷洒较常规喷洒用药少，耗损少，药物利用率高，灭蚊效果好。静电喷雾时，80%以上蚊虫触杀死亡率的受药量为0.15克/米^2，超低容量喷雾时则为2克/米^2，静电喷雾的药量比超低容量喷雾少92.5%。

用于农业杀虫，距作物0.5米高喷洒，喷幅达2米，沉降于叶子正面和反面的雾粒数（个/厘米^2），静电法为102.0∶44.3，超低容量法为14.6∶3，两者有明显差别。地面散落的雾粒数，静电法为2.8，超低容量法为4.1。静电法为优。杀死棉蚜的效果也以静电法为好。此外，静电喷雾器也可用于工业喷漆。

静电喷洒可改善常规喷洒存在的缺点，近年英国有人正在研究，证明用于农业、特别是棉花杀虫有许多优点，它可能是20世纪80年代受人重视的新型杀虫器械。

此外，尚在试制试用的其他器械有轻便蜗牛式和手提式超低容量喷雾器。有关研究的总结论文等共65篇由办公室分别汇编成《蚊虫防制》和《超低容量喷雾器械灭蚊专辑》出版。

超低容量喷雾器的研制和应用给我国填补了这项新技术的空

白，也将会改变卫生防疫杀虫方法的旧面貌。过去使用的卫生杀虫喷雾器全部依赖农机部门的供应，有些喷雾机质量不符合卫生要求。现在我国已有了研制超低容量喷雾器的能力，并已积累了除害灭病的许多经验，为继续发展这一技术打下了基础。静电喷雾器国外尚无商品生产。上海研制的样机为研究应用静电喷雾技术提供了工具，超低容量加静电喷雾的方法可能是未来的又一项新喷雾技术。

523临床和脑型疟疾救治专业组工作报告（摘录）

（1967～1980年）

（一）脑型疟疾的研究

脑型疟疾是凶险疟疾中较常见的一种，疟疾病人死亡，多数是死于脑型疟疾。国内学者综合了1964年前国内有关文献资料，1561例脑型疟的病死率平均为29.9%。1972年云南省有关资料报道168例脑型疟，平均病死率为16.7%；1971年英国《热带病学》杂志报道：脑型疟疾在非洲儿童中病死率很高（达22%～23%）。另有资料报道："在英国恶性疟疾病死率占疟疾患者的10%，大部分死者脑症状是主要的。"可见脑型疟疾病死率在10%以上。

自1971年以来，云南等省的一些地区相继发生疟疾暴发流行，脑型疟疾猛增，死亡人数不少。严重危及军民的生命安全，因而组织了凶险型疟疾研究。广东、云南两地分别组织了专业研究队伍开展这项研究工作。据统计，云南在1972～1973年期间，专业组共收治脑型疟50例，广东地区专业组1971～1980年共收治脑型疟296例，两地专业组10年来共收治脑型疟346例，治愈率为92.5%，病死率为7.5%。其中广州中医学院研究小组14年来坚持深入云南和海南岛的疟疾区进行疟疾临床研究，共救治279例脑型疟患者，治愈率为92.8%，病死率为7.2%。1972年《国外军事医学资料》中收集的4组脑型疟病例共70例，病死率为10%。综上所述，可以认为，通过10年来的研究，国内脑型疟病死率目前可以控制在10%以下，达到了国际先进水平。

由于恶性疟原虫对阿的平和氯喹产生抗药性，目前国外治疗重症疟疾只有奎宁可用。我国在1975年研制了磷酸咯萘啶（中国医学科学院寄生虫病研究所研制），该药无论从疗效，使用方便和安全等方面都优于奎宁。与此同时，1974年青蒿素治疗恶性疟和凶险型疟疾的高效、速效、低毒特点也得到证实。目前，青蒿素及其衍生物蒿甲醚和青蒿琥酯在救治凶险型疟疾中，以其高效、速效、低毒、使用方便、安全等特性而远远超过奎宁。其中青蒿琥酯是自有抗疟药以来第一次可供安全地直接静脉注射，而且在数分钟内即可达到血中有效浓度的唯一药物，因而在救治凶险型疟疾中具有更大的优越性。过去有些原虫感染率达25%，而又即将进入大滋养体期昏迷者，易致死亡。现在只要及时静脉注射一针青蒿琥酯，使原虫停止发育，一切危难就迎刃而解。此外，脑疟佳和磷酸咯萘啶也是治疗凶险型疟疾的较好药物。

十几年来，专业组的同志一直坚持在海南岛或云南高疟疾区，在当地基层医疗单位的热情支持下，以对病人生命高度负责的精神，认真细致地开展研究工作，在治疗实践和理论上都取得了新的认识：

（1）云南地区初步探讨了对甲皱微循环变化和眼底微小动脉挛缩及静脉扩张瘀血与凶险型疟疾发生发展的相互关系，制定了适合农村情况、平战结合的救治方案，总结了疟疾的预防和救治经验。

（2）把恶性疟原虫发育规律同临床诊断学和治疗学结合起来进行细致观察，研究了各种新老抗疟药在治疗脑型疟中的合理疗程、剂量和注意点，使对脑型疟病因治疗做到心中有数，以便在临床救治时能全力考虑对症处理及对并发症的防治，从而提高了治愈率。

（3）通过细致的临床研究，初步弄清了脑型疟的各种致死原因及其防治要点，并提出了目前尚难以突破的造成5%～10%病死率的原因，这些原因主要是：并发脑干损害、肾功能衰竭或严重DIC。这一临床病理学方面的认识是10年来研究工作中的一个重要进展，如果在今后研究工作中，进一步做好这3项并发症的防治工作，则将使脑型疟救治提高到更高的水平。

（4）由于把原虫发育规律同临床研究结合起来，提出了脑型疟的昏迷是由于原虫发育阶段不同而分为两种昏迷期——小环状体期昏迷和大滋养体期昏迷。通过对177例两种不同昏迷期的研究表明，小环状体期昏迷患者是脑型疟中之轻症，如无治疗上的错误，能较易较快清醒，不会导致死亡；大滋养体期昏迷的病人则多表现为重型或极重型，昏迷时间长，并发症出现率高，脑干损害、肾功能衰竭和严重DIC病例都在这期昏迷患者中发生。并提出了用皮内血片镜检鉴别这两种昏迷期的简易方法，证实皮内血片中恶性疟大滋养体、裂殖体的密度等于或高于骨髓片。对两种昏迷期的认识，不仅大大提高了脑型疟疾救治工作的预见性，对治疗和研究都很有指导意义，而且有可能为脑型疟发病原理的研究提供新的启示。

我们对脑型疟疾进行了大量的临床研究，有了一套行之有效的治疗方法，在降低病死率方面已取得较好的成绩，积累了较丰富的经验；在临床病理方面也有新的见解；目前我国海南岛脑型疟疾病例也不少（1976年，一个县医院就收治60多例脑型疟，1978年，海南自治州脑型疟达400多例），临床与实验室研究可以紧密结合，这些都是我们的有利条件。今后应该加强实验室研究，力争在三五年内，我国在脑型疟疾的临床研究和理论研究方面都取得较大进展。

（二）抗氯喹疟疾的研究（略）

523疟疾免疫专业组工作总结报告（摘录）

（1969～1980年）

为解决热带地区广大军民终年服用抗疟药对身体健康的影响，1969年523广州会议决定，在我国开展疟疾免疫研究工作，由上海、四川、广东、广西和北京等地区十多个教学科研单位军事院校组成了疟疾免疫专业协作组。在523办公室领导下，前后组织召开了两次疟疾免疫专业经验交流会，编写刊印了两期疟疾免疫研究专集，召开了3次小型碰头会，在这些会议上，及时互通情报，交流经验，并制定全国疟疾免疫研究规划，组织专题协作，落实专题分工，保证了疟疾免疫研究工作顺利进行。有些研究项目已达到和接近国际先进水平。现就取得的成就和国际的新进展及对今后工作的意见向领导和同志们汇报：

（一）疟疾免疫研究工作取得的成绩和进展

1971年底和1973年在成都和上海先后召开碰头会和专业会，制定了疟疾免疫研究方向，和疟疾免疫研究工作的发展规划。几年来在以下几方面取得不少成就：

1. 疟原虫体外培养的研究。

成都碰头会上，提出疟疾免疫研究方向，应从特异免疫入手，提出了“三子”（裂殖子、潜隐子、子孢子，编者注）免疫疫苗的研究。为了达到这个目标必须开展疟原虫体外培养，当年就开始了人恶性疟原虫体外培养，同时进行探索食蟹猴疟原虫和诺氏疟原虫的培养。现在对诺氏疟原虫体外培养已能连续传代6个月以上，国外在1976年突破连续培养人恶性疟原虫，我国在1977和1978年也获得成功。从海南岛病人血中分离出来的两株人恶性疟原虫Fcc1/HN和Fcc2/HN能在实验室内无限期地连续传代培养。

人恶性疟原虫体外培养的成功，为疟疾免疫研究开创了一条新路。世界卫生组织于1979年和我国卫生部联合在上海和北京举办了两期人恶性疟原虫体外培养训练班，对我国疟疾免疫研究起了一定的推进作用。

在红内期疟原虫体外培养工作中，采用了新生牛血清和兔血清替代人血清进行培养也获得成功，还成功建立了简易培养和较大量培养的方法。

为了改进培养条件，先后研制成了Ⅰ、Ⅱ、Ⅲ型体外培养机和收集裂殖子的体外连续培养仪，为开展疟疾免疫研究创造了条件。

用组织培养方法培养蚊胃细胞系，已成功地建立了白纹伊蚊细胞系，进行了鼠疟动合子和鸡疟囊合子的体外培养。另外还开展了用鸡疟子孢子感染的鸡胚和鸡疟红外期原虫的体外培养。

以上培养技术方法的研究成功，对制备疟原虫抗原供免疫和诊断应用，积累了有价值的技术资料。

2. 疟原虫抗原的分离提纯。

纯化疟原虫抗元是疟疾免疫研究的一个重要课题。对子孢子的纯化，西安地区采用免疫吸附亲和层析法，直接从感染蚊子匀浆制备鸡疟子孢子悬液，得到完整的、具有感染力的子孢子。北京地区采用血浆迁移法分离子孢子也获得不少可贵的经验。

采用普通差速离心、右旋糖酐和聚蔗糖等方法，对裂殖体的提取开展了一些工作。其中广东地区采用阿拉伯胶方法分离裂殖体取得较好的结果。

3. 疟原虫抗原的分析。

由于疟原虫生活史复杂，各期原虫之间抗原期的特异性较强，并且由于它寄生在宿主的细胞内，原虫抗原分析较为困难。最近北京地区开展融合细胞杂交瘤技术，这是最近几年在免疫学研究方面应用的新技术，现已初步筛选出抗红内期人恶性疟原虫单克隆抗体的细胞体系，正进一步检定其产生的抗体是否有保护作用。

4. 实验性免疫的研究。

疟原虫子孢子免疫源性的研究已证明鼠疟子孢子有免疫力。采用 ^{60}钴丙种射线照射的猴疟子孢子给猴免疫，取得一定的结果。

红内期裂殖子疫苗的研制，是当前研究的重点。广东地区制备了诺氏疟原虫裂殖子组分抗原疫苗给猕猴免疫，证明具有较好的免疫效果。

为了提高免疫效果，开展了免疫增效剂的研究。现已从中草药中筛选出一种有希望的免疫增效剂。

5. 免疫诊断方法的研究。

免疫诊断方法对流行病学调查、现症病人的诊断和今后判定疫苗的免疫效果都有一定的实用价值。现已建立了间接免疫荧光和酶联免疫法测定疟疾抗体，正进一步标准化，拟于现场验证后推广使用。

对子孢子抗体的检定已成功地建立了环子孢子沉淀试验方法，并已用于子孢子的免疫研究。

6. 蚊媒驯化和养殖。

按蚊的实验室养殖，对研究疟疾免疫、灭蚊方法和蚊虫抗药性有极其重要的意义。1971 年上海地区成功地驯化了雷氏按蚊，可在实验室内自然交配，大量繁殖。随后四川、广东、广西和贵州地区，也先后成功地在实验室内养殖我国传播疟疾的巴拉巴按蚊和微小按蚊，从而为各地养殖媒介按蚊提供了有益的经验。

从国外引进斯氏按蚊，在北京、上海实验室内养殖也获得成功，并利用这些媒介采用离体吸血方法，制备子孢子抗原，开展子孢子免疫研究工作。

7. 人疟动物模型的研究。

人疟动物模型的研究也取得一定进展。利用换血法，将人的红细胞输入猕猴体内，观察人恶性疟原虫在猴体内发育繁殖，并通过传代可达11代之久。

采用白掌长臂猿的红细胞，体外培养人恶性疟原虫获得成功。发现在体外培养和体内形成慢性低度感染有极其明显的差别。

在广西熊猴体内发现有自然感染的三日型猴疟原虫。

（以下略）

1981年3月1日

523科研成果名称及研制单位

（1967～1980年）

（一）蚊虫防制

1．对－蓋烯二醇驱避剂

主要研制单位：上海医药工业研究院

主要协作单位：中国科学院上海昆虫研究所，上海劳动卫生职业病研究所，上海桃浦化工厂

2．混合对－蓋烷二醇驱避剂

主要研制单位：轻工业部香料工业科学研究所，广西南宁化工厂，广西地区523驱避剂专业组，上海劳动卫生职业病研究所，中国科学院上海昆虫研究所

3．对－蓋烷二醇－3，8驱避剂

研制单位：广东地区523驱避剂协作组（主要参加单位：广东省卫生防疫站，广州香料厂，广州军区后勤部军事医学研究所，中山大学，上海劳动卫生职业病研究所）

4．癸酸制剂（驱避剂）

研制单位：西南制药一厂，重庆医学院，第四军医大学，重庆市卫生防疫站，重庆制药七厂，四川省中药研究所，重庆第一中医院

注：摘选自全国疟疾防治研究领导小组办公室《疟疾研究（1967～1980）成果汇编（内部资料）》，仅列出成果名称、参研单位，省略技术内容。

5. 二聚合剂驱蚊网

研制单位：南京制药厂，南京军区军事医学研究所

6. 右旋-8-乙酰氧基别二氢葛缕酮驱避剂

研制单位：云南植物研究所，云南省热带植物研究所，昆明军区军事医学研究所

7. 哌嗪N，N'二甲酸二乙酯驱避剂

主要研制单位：上海第二制药厂

主要协作单位：上海劳动卫生职业病研究所，中国科学院上海昆虫研究所

8. 驱蚊剂"3530"

研制单位：南京制药厂，南京军区军事医学研究所，南京药学院

9. 萜类蚊虫驱避药物的驱避效果与物化性质的关系

研究单位：轻工业部香料工业科学研究所

10. 广西黄皮油转化产物中驱避成分的结构鉴定

主要研究单位：轻工业部香料工业科学研究所，广西地区523驱避剂专业组

11. 轻质松油转化产物化学结构鉴定

研究单位：轻工业部香料工业科学研究所，广西地区523驱避剂专业组

12. 柠檬桉油下脚中驱避成分的结构鉴定

研究单位：轻工业部香料工业科学研究所

13. 野薄荷精油中驱避成分的结构鉴定

主要研究单位：轻工业部香料工业科学研究所，中国科学院昆明植物研究所

14. 气味驱避剂 B124

主要研究单位：上海第二制药厂，上海医药工业研究院，中国科学院上海昆虫研究所，中国人民解放军海字169部队，上海劳动卫生职业病研究所

15. 新杀虫剂混灭威

研制单位：湛江市化工研究所

16. 杀虫剂双乙威的研究

研制单位：广西化工研究所，广西中医学院，广西寄生虫病防治研究所

17. 应用灭蚊链霉菌培养物毒杀蚊子幼虫的研究

研制单位：中国科学院广东省昆虫研究所，广东省卫生防疫站

18. 昆虫保幼激素类似物"二烯异丙酯"

研究单位：上海市农药研究所

协作单位：江苏蚕业所，上海昆虫研究所，金坛昆虫激素所

19. 新型空间喷射剂及烟熏灭蚊剂

研究单位：中国科学院上海昆虫研究所

20. 我国淡色库蚊和中华按蚊抗药性现状普查

主要研究单位：中国科学院上海昆虫研究所，有关省市卫生防疫站、寄生虫病防治研究所

21. 东方红-18型超低容量喷雾机

研制单位：中国人民解放军军事医学科学院，北京市怀柔县农机厂，华北农业大学，一机部机械研究院农机研究所

22. 肇-78型手持电动超低容量喷雾器

研制单位：广东肇庆中学、广东省卫生防疫站

23. 西湖801型超低容量喷雾器

研制单位：杭州市西湖区爱卫会、杭州市卫生防疫站、杭州市

电具厂

24. SE-5型手持式静电超低容量电动喷雾器

研制单位：上海明光仪表厂，第二军医大学，上海市卫生防疫站

25. 大型车载超低容量喷雾器

研制单位：广州市卫生防疫站

（二）中医中药

1. 青蒿素抗疟的研究

主要研究单位：卫生部中医研究院，山东省中医药研究所，云南省药物研究所，广州中医学院，四川省中药研究所、江苏省高邮县卫生局

主要协作单位：中国科学院生物物理研究所、上海有机化学研究所等39个单位

2. 青蒿片

研制单位：四川省中药研究所

3. β－甲基二氢青蒿素

主要研究单位：中国科学院上海药物研究所

临床研究单位：广州中医学院，海南行政区寄生虫病防治研究所，云南省疟疾防治研究所，昆明医学院，广西寄生虫病防治研究所，河南省卫生防疫站，河南省郑州市卫生防疫站

4. 青蒿素衍生物－804和887的研究

研究单位：桂林制药厂，广西医学院药理教研组，广西壮族自治区寄生虫病防治研究所，广州中医学院

5. 用紫外分光法测定青蒿素（黄花蒿素）的含量

研究单位：广州中医学院，南京药学院，广州第七制药厂，卫

生部药品生物制品检定所，云南药物研究所，山东中医药研究所，卫生部中医研究院中药研究所

6. 常山乙碱全合成及化学结构改造

研究单位：北京制药工业研究所，中国医学科学院药物研究所，中国人民解放军军事医学科学院

7. 常山乙碱衍生物“7002”的抗疟作用及疗效观察

研制单位：中国医学科学院药物研究所

8. 鹰爪抗疟有效成分的提取分离及合成类似物的研究

主要研制单位：中山医学院，中国科学院华南植物研究所，中国医学科学院药物研究所，中山大学化学系

9. 鹰爪抗疟有效成分的化学结构研究

研制单位：中国医学科学院药物研究所，中山医学院，中国科学院华南植物研究所

10. 仙鹤草酚的提取分离、化学结构、全合成研究

主要研究单位：中国科学院上海药物研究所

主要协作单位：上海第十四制药厂

11. 暗罗素的提取分离、结构测定和人工合成

研制单位：第二军医大学训练部中草药研究组，中国科学院上海药物研究所

12. 针刺治疗疟疾的研究

研究单位：广州中医学院，中医研究院，上海中医研究所，南京新医学院

（三）化学合成药

1. 防疟片1号

主要研制单位：中国人民解放军军事医学科学院

主要协作单位：上海第十一制药厂，广东、云南、江苏等地区523现场试用组

2. 防疟片2号

主要研制单位：中国人民解放军军事医学科学院

主要协作单位：上海医药工业研究院，上海第二、第十一制药厂，广东、云南、江苏等地区523现场组

3. 防疟片3号

主要研制单位：上海医药工业研究院，第二军医大学

主要协作单位：广东、云南、南京等地现场组，上海第二、第十四、第十一制药厂

4. 哌喹片（防疟片3号单方）

主要研制单位：上海医药工业研究院，第二军医大学

主要协作单位：广东、云南等地现场组，上海第十四、第十一制药厂

5. 复方环氯胍扑姆酸盐长效预防针

研制单位：中国人民解放军军事医学科学院

6. 三哌喹

研制单位：中国医学科学院寄生虫病研究所

7. 治疟宁

主要研制单位：中国人民解放军军事医学科学院

主要协作单位：上海第十一制药厂，广东、云南、南京等地区523现场试用组，河南、山东、安徽、江苏等有关省、地区、县防疫站

8. 磷酸咯萘啶

研制单位：中国医学科学院寄生虫病研究所

9．复方磷酸咯啶片

主要研制单位：上海第十四制药厂，中国科学院上海药物研究所

主要协作单位：广州中医学院，广东、云南、河南、广西、山东、江苏等地区复方磷酸咯啶临床研究组，上海第十一制药厂

10．注射用磷酸咯啶

主要研制单位：上海第十四制药厂，中国科学院上海药物研究所

主要协作单位：广州中医学院，上海药物实验厂，广东等地区注射用磷酸咯啶临床研究组

11．羟基哌喹片

主要研制单位：第二军医大学，西安制药厂

主要协作单位：上海第十一制药厂，有关省市及部队523现场试用组

12．磷酸羟基哌喹

主要研制单位：第二军医大学，西安制药厂

主要协作单位：广东、云南等有关省市523现场试用组

13．常咯啉

研制单位：中国科学院上海药物研究所，上海第十六制药厂

协作单位：上海常咯啉临床研究组

14．脑疟佳

主要研制单位：东北制药厂，中国人民解放军军事医学科学院，广东、云南省和广州、昆明部队有关医疗单位

15．硝喹及复方硝喹片

主要研制单位：上海医药工业研究院，第三军医大学

主要协作单位：上海第十一制药厂，广东、云南、河南等地现场组

16. **古罗酸伯喹**

研制单位：南京制药厂

17. **抗坏血酸伯喹**

研制单位：四川省寄生虫病防治研究所，西南制药二厂

18. **磷酸哌喹伯喹复方片**

研制单位：广东省卫生防疫站

19. **药片包衣材料——二乙胺基醋酸纤维素**

研究单位：上海第十一制药厂，上海医药工业研究院

（四）脑型疟和抗氯喹疟疾

1. **脑型疟疾临床救治研究**

研究单位：广州中医学院疟疾研究小组

2. **恶性疟红内期原虫发育规律的研究**

研究单位：广州中医学院疟疾研究小组

3. **云南地区脑型疟疾的研究**

研究单位：云南地区脑疟救治专业研究组

4. **皮内血涂片在脑型疟诊断中的应用**

研究单位：广州中医学院疟疾研究小组

5. **抗氯喹疟疾防治对策研究**

研究单位：海南区寄生虫病防治研究所，海南人民医院，海南红卫医院

协作单位：海南通什农垦局卫生防疫站，广东乐东、琼中县卫生防疫站，海南通什农垦局所属保国、立才、福报等8个农场医院

（五）疟疾免疫

1. 红内期疟原虫体外培养的研究

研究单位：卫生部生物制品研究所

2. 人恶性疟原虫的体外连续培养及有关方法的改进

研究单位：上海生物制品研究所

3. 用人血清及兔血清对恶性疟原虫高感染率的培养

研究单位：第二军医大学

4. 诺氏疟原虫裂殖子组分抗原疫苗的保护作用

研究单位：第一军医大学疟疾免疫研究室

5. 免疫增效剂的研究

研究单位：第一军医大学疟疾免疫研究室

6. 裂殖子体外连续培养仪

研究单位：上海医疗器械研究所

7. 白纹伊蚊细胞系的建立及其特征

研究单位：北京第二医学院

8. 鼠疟原虫动合子体外培养的初步研究

研究单位：北京第二医学院寄生虫学教研组

9. 鸡疟原虫囊合子的人工培养研究

研究单位：北京医学院寄生虫学教研组

10. 食蟹猴疟原虫在斯氏按蚊体内发育的观察

研究单位：北京第二医学院寄生虫学教研组

协作单位：中国人民解放军军事医学科学院

11. 鸡疟子孢子感染鸡胚及红外期原虫体外细胞培养

研究单位：上海生物制品研究所，中国医学科学院寄生虫病研究所，上海医药工业研究院，中国科学院上海药物研究所

12. 疟原虫子孢子分离方法的研究

研究单位：第四军医大学

13. 疟原虫子孢子免疫原性的研究

研究单位：军事医学科学院

（六）动物模型和技术方法

1. 人疟动物模型的研究

主要研究单位：中山大学，广西中医学院，广西医学院，广东省卫生防疫站，广东省生物制品研究所，中国医学科学院寄生虫病研究所

主要协作单位：广西壮族自治区，百色地区卫生防疫站，广东医药学院，河南省开封地区，开封县卫生防疫站

2. 食蟹猴疟原虫—斯氏按蚊系统猴模型的建立

研究单位：中国医学科学院寄生虫病研究所

3. 约氏疟原虫—斯氏按蚊系统鼠疟模型的建立

研究单位：中国医学科学院寄生虫病研究所，中国人民解放军第二军医大学

4. 约氏鼠疟原虫抗乙胺嘧啶虫株的建立

研究单位：第二军医大学寄生虫学教研组

5. 蚊媒试验系统用于筛选抗疟药的研究

研究单位：中国医学科学院寄生虫病研究所

6. 鼠疟原虫抗氯喹株的选育

研究单位：中国医学科学院寄生虫病研究所

7. 中华按蚊实验室饲养的研究

研究单位：中国科学院上海昆虫研究所

8. 微小按蚊实验室养殖成功

研究单位：广西医学院寄生虫学教研室

9. 巴拉巴按蚊实验室驯化和养殖成功

研究单位：成都生物制品研究所疟疾免疫组，四川医学院生物学教研组，广东医药学院寄生虫教研组

10. 巴拉巴按蚊实验室自然交配繁殖初步成功

研究单位：中国科学院上海昆虫研究所

11. 斯氏按蚊的实验室饲养方法及其生活周期的观察

研究单位：中国医学科学院寄生虫病研究所

12. 雷氏按蚊饲养繁殖及离体吸血感染方法

研究单位：上海生物制品研究所、中国医学科学院寄生虫病研究所、中国科学院上海药物研究所、上海医药工业研究院

13. 多斑按蚊实验室饲养及对猴疟原虫敏感性试验

研究单位：四川省寄生虫病防治研究所

14. 一种猴疟原虫的鉴定

研究单位：中国医学科学院寄生虫病研究所

15. 广西熊猴体内一种三日型猴疟原虫的研究

研究单位：广西医学院寄生虫学教研室

国家卫生部、国家科委、国家医药管理总局、总后勤部联合颁发奖状的523单位

受奖单位（集体）的名单

科技系统

中国科学院生物物理研究所
中国科学院动物研究所
中国科学院上海药物研究所
中国科学院上海药物研究所青蒿素衍生物研究组
中国科学院上海昆虫研究所
上海市科学技术委员会
中国科学院上海有机化学研究所
广东省昆虫研究所
中国科学院华南植物研究所
广东省科学技术委员会
广西植物研究所
广西壮族自治区科学技术委员会
南京植物研究所
江苏省科学技术委员会
云南省科学技术委员会

中国科学院昆明植物研究所
四川省科学技术委员会

医务卫生系统

卫生部生物制品研究所
北京医学院
北京第二医学院
中国医学科学院
中国医学科学院药物研究所
河南省卫生防疫站
郑州市卫生防疫站
湖北北省医学科学院
山东中医药研究所
山东省寄生虫病研究所
青岛医学院
贵阳医学院
卫生部中医研究院
卫生部中医研究院中药研究所
卫生部药品、生物制品检定所
中国医学科学院寄生虫病研究所
中国医学科学院寄生虫病研究所 7351 研究组
中国医学科学院寄生虫病研究所疟疾实验动物模型研究组
卫生部上海生物制品研究所
上海中医研究所
上海市劳动卫生职业病研究所
上海市药品检验所
上海市卫生局

上海卫生防疫站
广州中医学院
广州中医学院疟疾研究组
中山医学院
广东医药学院
广东省生物制品研究所
海南行政区卫生局
海南行政区卫生防疫站
海南黎族苗族自治州卫生局
海南通什农垦局卫生处
广东省卫生防疫站
广东省卫生厅
广西医学院
广西中医学院
广西壮族自治区寄生虫病防治研究所
广西壮族自治区卫生局
南京中医学院
南京医学院
江苏省高邮县卫生局
江苏省血吸虫病防治研究所
江苏省卫生厅
云南省卫生厅
昆明医学院
云南省疟疾防治研究所
四川省卫生厅
四川医学院

四川省寄生虫病研究所
成都生物制品研究所
成都中医学院
四川省卫生防疫站
四川省中药研究所
重庆医学院

医药化工系统

东北制药厂
西安制药厂
北京制药厂
国家医药管理总局上海医药工业研究院
国家医药管理总局上海医药工业研究院合成研究室
国家医药管理总局上海医药工业研究院驱避剂研究组
上海医疗器械研究所
上海市农药研究所
上海桃浦化工厂
上海第二制药厂
上海第十制药厂
上海第十一制药厂
上海第十四制药厂
上海第十六制药厂
上海市医药工业公司
广东省湛江市化工研究所
广西化工研究所
桂林制药厂
南宁化工厂

南京药学院

南京制药厂

江苏省医药管理局

昆明制药厂

云南省药物研究所

四川省化学工业局

重庆第一制药厂

重庆第二制药厂

部队系统

中国人民解放军军事医学科学院

中国人民解放军军事医学科学院一所

中国人民解放军军事医学科学院五所

中国人民解放军军事医学科学院五所抗疟药研究室

中国人民解放军军事医学科学院五所驱避剂、杀虫研究组

沈阳军区后勤部军事医学研究所

第四军医大学

第二军医大学

第二军医大学训练部

第二军医大学药学系

第二军医大学附属一院

第二军医大学附属二院

海军后勤部医学研究所

上海警备区后勤部

第一军医大学

广州军区后勤部军事医学研究所

海南军区后勤部卫生处

广州军区后勤部卫生部
广西军区后勤部
南京军区后勤部卫生部
南京军区后勤部军事医学研究所
昆明军区后勤部卫生部
昆明军区后勤部军事医学研究所
成都军区后勤部卫生部
成都军区后勤部军事医学研究所
第三军医大学

轻工、高教及其他系统

轻工业部上海香料工业科学研究所
上海明光仪表厂
上海日用化学品二厂
上海日用化学品三厂
中山大学
华南师范学院
广东省肇庆中学
广州香料厂
桂林芳香厂

受奖单位（集体）的条件：

1. 组织领导523研究工作有显著成绩的；

2. 取得523重大科研成果的研究单位、参加单位和主要协作单位；

3. 长期坚持523工作，在科技情报、产品鉴定、技术等方面取得显著成绩的；

4. 在生产、推广523科研成果方面成绩突出的。

注：完成523科研任务成绩突出的，奖状发到单位。取得重大成果者，奖状发到任务组或研究室。

全国疟疾防治研究领导小组颁发个人荣誉证书名单

广西地区

马仲信　李锦辉　陈秀庄　郑家骥　胡志才　杨少英
高友价　戴金铃　廖全福

上海地区

张竹英　陈宫邑　骆华仁　唐彬鸿　卞　明　唐逸人
李　明　王焕生　王连柱　朱惠敏　金映春　高发年
赵富科　杨文蔚　孙和宾　傅树胶

云南地区

苏发昌　傅良书　危作民　赵天顺　蔡跃三　张希昆
王汉英

四川地区

郭安荣　屠云人　王　满　李广发　郑家隆　欧阳彬
王文华　刁振中　宋广亮

南京地区

李振科　孔振崇　张立安　王功垣　崔进元　张锡泉
孟鹤雁

广东地区

贾世荣　刘通显　李　刚　郭广民　蔡恒正　罗宗茂
周中孚　冯焕英　郑登岳　江国深　卫剑云　周兆龙

赫世德

北京地区

祁开仁　白冰秋　张剑方　周义清　周克鼎　陈锦石

郭思仪　施凛荣　田　辛　陈智侯　王秀峰　徐艾纳

佘德一　张逢春　刘　润　刘计晨　王梦之　张冰如

丛　众　董从引　陈海峰　朱克文　田　野　陈自新

颁发荣誉证书条件：

五二三办公室是全国的一个临时性科研机构，参加办公室工作的同志来自部队、地方的不同部门、单位，长期离开原单位，从事五二三科研的组织管理工作。为表彰这些同志在工作中作出的贡献，凡专职参加办公室工作3年以上同志，颁发荣誉证书。

全国五二三领导小组和部门，各省市、自治区，各军区有关部门分管五二三任务的同志，同样为五二三工作作出了贡献，也颁发个人荣誉证书。

中国青蒿素及其衍生物研究指导委员会名单

主任委员：陈海峰　　国家卫生部科技局局长

副主任委员：王　佩　　国家卫生部中医研究院副院长

佘德一　　国家医药管理总局科教司工程师

委　员：丛　众　　国家科委四局

吴征镒　　中国医学科学院副院长

陈宁庆　　中国人民解放军军事医学科学院副院长

刘锡荣　　国家卫生部外事局国际处处长

傅俊一　　国家卫生部药政局

刘静明　　国家卫生部中医研究院中药研究所所长

张淑改　　中国科学院上海药物研究所科研处处长

周克鼎（兼秘书）　　中国人民解放军军事医学科学院

科学顾问：金蕴华　　国家医药管理总局科教司高级工程师、教授

周廷冲　中国人民解放军军事医学科学院基础医学研究所所长、教授

宋振玉　中国医学科学院药物研究所药理研究室主任、教授

嵇汝运　中国科学院上海药物研究所副所长、教授

章育中　国家卫生部中医研究院中药研究所分析研究室教授

何　斌　中国人民解放军军事医学科学院微生物与流行病学研究所副所长

秘　　书： 张　逵　国家卫生部中医研究院中药研究所副所长

李泽琳　国家卫生部中医研究院中药研究所药理研究室副主任、副教授

朱　海　山东省中医药研究所主任

王秀峰　国家卫生部科技局成果处干部

一位外国学者的感言

《迟到的报告——五二三项目与青蒿素研发纪实》书稿，承原瑞士罗氏（Roche）远东研究基金会医学主任、美国华尔特里德（Walter Reed）陆军医学研究院的疟疾研究部从事抗疟药甲氟喹研究的Keith Arnold教授及其夫人翻译成英文稿，并为书稿写了热诚的感言，谨此向Keith Arnold教授及夫人表示衷心的感谢！以下是Keith Arnold教授的感言。

我很荣幸，也很自豪，能和我的妻子共同把这本著作从中文原稿翻译为英文,对书中描述的神奇经过先睹为快。

毫无疑问，由中国科学家发明的青蒿素是过去40年疟疾研究领域中一项突出的成就。对研发这一重大成果组织管理的工作也同样是非常出色的。

巧合的是，20世纪60年代初至90年代末，我也从事抗疟疾药物的研究。20世纪60年代中期，越南北方为了抗击美军，解决军队受抗药性疟疾困扰的问题向中国政府请求帮助。在越南的美军和南越军队也遇到同样的难题。

我是一个英国公民，当时正在美国从事一项医学研究，后被征召入伍，于1969年被派遣到越南，成为华尔特里德（Walter Reed）陆军医学研究院疟疾研究部的一名成员。任务是研究影响部队战斗力的医学问题。一年后离开越南，我返回Walter Reed，是抗疟疾药物研究计划的临床药理学专家。显然，在那个时候，虽然我们彼此都互不了解，但双方都在研究同一个问题。

我在Walter Reed研究的药物是甲氟喹。1971年开始早期的动物实验，1975年在驻泰国的美军中进行临床试验，疟疾病人使用后成功治愈。在20世纪70年代以后，我为Roche Far East研究基金会，负责包括甲氟喹的早期药物的临床试验。药物是Roche从美军获取的。当时中国仍比较封闭，我费了很大周折才得以进入中国这个也存在疟疾困扰的国家，进行甲氟喹与一个对照药的对比观察。当时，中山大学的江静波教授和广州中医药大学的李国桥教授是我的联系对象。我原以为这个对照药物是奎宁或氯喹。但令我惊奇而又感兴趣的是，这个药物是一个具有很强抗疟活性的、新型的中国植物药。我查阅了已有的有关青蒿素的资料，对青蒿素快速清除疟原虫和快速控制临床症状印象非常深刻。

随后，我们着手进行甲氟喹和青蒿素的对比观察研究。虽然两者均具有治疗作用，然而，相比之下，青蒿素清除疟原虫要快得多。有关这方面的研究论文很快被《柳叶刀》杂志公开发表。杂志编辑还要求在文中附上青蒿的彩色照片。该篇论文于1982年刊出，成为新中国成立后在西方医学杂志上最早公开发表的学术研究文章。有关青蒿素研究的论文，实际上中国早在1979年就已经在中国的杂志上公开发表。在《柳叶刀》发表的那篇论文得到了奖励，英镑支票寄给了江静波教授，但他无法在中国兑现。关于江静波教授，还有一段故事。其间，他失去了女儿，仍然没有中断他的研究工作。他是医学生物学、基础医学的著名学者，是在《柳叶刀》发表的那篇关于甲氟喹和青蒿素论文的第一作者。临床研究是由李国桥、郭兴伯及其同事进行的。

另一篇用青蒿素复方治疗疟疾的论文，也于1984年发表在《柳叶刀》上，推荐了一种可以阻止疟疾复发的药物复方。在以后的十几年里，我和李国桥合作，在越南和中国进行了多项研究，结果均表明青蒿素不仅能阻止早期恶性疟原虫的发育，而且能消除配子体的感染能力。

这本专著颂扬了那些在偏远地区从事研究和多年过着斯巴达式生活的中国研究科技人员。我可为此作证，因为我和我妻子曾到中国海南岛偏僻山区与李国桥教授及其同事一起工作生活过一段短时间，见证了他们的研究。

青蒿素的特点是十分突出的，为了推广应用，20世纪80年代中期，我请李教授带一些青蒿素样品到泰国，想让我的同事见识这种极具价值的疟疾治疗药。但是，泰国疟疾治疗专家不能应用尚未被WHO认可的药物，故未能如愿。在本著作中，人们将能从中阅读到大量有关WHO及其运作方式的内容，很多是应肯定的。但也有些值得商榷，尤其是其中忽略了对中国足够的信任，忽视了李国桥等中国科学家早期研究工作所作的贡献，而转为认同后来的西方研究者所取得的成就。

20世纪80年代末，我返回越南这个疟疾猖獗、死亡率高的国家。甲氟喹和青蒿素的研究相继在该地区开展。越南人相对来讲更能面对现实，特别是Tran Tinh Hien和Trinh Kim Anh教授。越南医生和科学家同中国人一样，更重视挽救病人的生命，在病人生命危急情况下，挽救生命是第一位的。对于那些在第一线的管理者来说，首先考虑的是如何降低发病率和病死率，而不是所谓的缺乏理想生产条件可能带来的潜在危害。

口服青蒿素、静脉注射青蒿琥酯或用青蒿素栓剂的方法治疗抗药性恶性疟疾，特别是用于救治脑型疟疾所取得的研究结果令人瞩目，早在20世纪90年代已经发表公之于众。Tran Tinh Hien及其同事在越南，也与李国桥他们在中国一样，在先进的疟疾治疗理念方面表现出了真正的科学精神，例如在治疗脑型疟时，成功使用青蒿素栓剂。在疟疾流行的乡村地区，当孩子发烧时，母亲就给孩子肛门塞进青蒿素栓，从而降低了脑型疟发生率和死亡率，而且使用非常方便。

我们以青蒿素和甲氟喹组成复方，虽受到WHO严厉的批评，但复方在阻止疟疾复发方面展现了突出的作用。

所有这些积极的结果，在国际上初期是不被重视的。本专著在一定程度上解释了原因。中国、越南和缅甸，用青蒿素及其衍生物挽救了许多生命。由于广泛应用青蒿素，这些国家降低了疟疾发病率。近十几年，由于中国国内疟疾病人已经很少，李国桥教授把研究工作转移到越南，现在越南疟疾得到了控制，他又去了柬埔寨。

当前，非洲最需要青蒿素类药物，但很多年来却难以得到。通过阅读这本专著，读者也许会明白其中的原因。虽然，中国急切希望将这些药物推广到海外，造福疟疾流行区的民众，但还需得到WHO的认可，从而就难以很快实现了。至今没有资料显示因为使用了未被WHO认可控制生产的青蒿素而导致伤害的，而不用这些青蒿素的，却难以挽救众多的生命。中国、越南、柬埔寨和缅甸的有关当局，他们清楚地意识到，其国家人民的健康生命正处于危机之中，生灵需要拯救。因此，他们果断使用中国和越南生产的青蒿素及其衍生物。而非洲，由于受到一些国际机构的影响，却没有准备尽快这样去做。如果这一状况继续持续下去，毫无疑问，未来非洲仍将可能有成百万的生命，不可避免地被疟疾病魔夺去。

如本专著中所提到的那样，在中国有很多有关青蒿素衍生物和复方制剂的研究。起初我没有给予过多的关注，但是通过翻译这本专著，我想起了在越南进行青蒿素研究时发生的一些事情。在我们做完了除蒿甲醚之外的所有衍生物的对照实验，治疗数百名病人之后，我们确信青蒿琥酯是理想的药物。它起效最快，效果好，可以口服、肌内注射、静脉注射甚至直肠给药。我们发现青蒿素栓剂对于脑型疟治疗效果很好，容易使用。我相信，在20世纪80年代或者90年代早期，若中国以外的国家、地区的当局和公司能够选用青蒿琥酯和青蒿素栓剂（当时这两者在中国和越南有效安全的使用已经有不少文献记载）作为主要制剂去推广，大量的生命就可能得到挽救，不仅中国、越南、柬埔寨和缅甸，而且包括非洲都会受益。

如果以上所提到的青蒿素类药物能得以推广，或李国桥和其他科学家对双氢青蒿素及其复方制剂的研究计划没被延误的话，一个更优良的复方有可能已经为全球有效控制疟疾作出了更大的贡献。

通过比较20世纪70年代到80年代的前10年和20世纪80年代到2006年的后20多年全球抗疟所取得的结果，我们可以得出一个很有意思的结论。在前10年，像本专著中记述那样，通过中国科学家全国性大规模的协作，发现和研发了一个对医学有重要贡献的药物。而且已在数千名病人身上被证实是有效、安全的。如果该药品随后能很快在疟疾流行区被广泛使用，而并非必须先满足国际制造标准，就可以很快以很低的代价在全球流行地区用于治疗疟疾。特别是在非洲，疟疾有可能很快得到控制，因为青蒿素药物杀灭配子体的作用阻断了疟疾的传播。可惜当时并没有这样做。在后20多年期间，虽然有关的国家政府、基金会和其他组织投入了数十亿美元，却仍然在重复着过去实施的老办法。这种重复收效甚微，疟疾仍然没得到控制。也许是我的偏见，由于20世纪80年代或90年代早期资料中所提到的，如使用青蒿素或双氢青蒿素复方及其他改进的药物，用青蒿琥酯经注射途径给药，以及由母亲给孩子应用青蒿素栓剂等的措施，长期以来没有得到推广而被延误，所以尽管耗费了数十亿美元，但全球遏制疟疾的效果仍不显著。据我了解，现在李国桥又成功研制出最新的复方药物——由青蒿素与哌喹组成的Artequick。组成复方的两种药物已分别广泛、安全使用了30年和20年，它是一个集中了优秀抗疟药全部特点完美的复方。

Keith Arnold

于美国加里福尼亚

2006年11月

注

[1] WHO. 2001. *Antimalarial Drug Combination Therapy*. Report of a WHO Technical Consultation. WHO/CDS/RBM/2001/35, reiterated in 2003.

[2]查理德·海恩斯(Richard Haynes).(美国)远东经济评论,2002.3.14

[3] Goodan & Gilman's The pharmacological Basis of Therapeutics 10th ed P828~829

[4]周义清. 疟疾在历代战争中对军事行动的影响(内部资料). 北京. 1979.3

[5]军事医学科学院医学情报研究所. 国外军事医学资料第五分册,1973(6)

[6]国家科委,总后勤部. 疟疾防治药物研究工作协作会议(纪要);国家科委,总后勤部. 疟疾防治药物研究协作规划. 北京. 1967.6

[7]全国疟疾防治研究领导小组办公室(即523办公室,下同). 疟疾研究1967~1980成果选编(内部资料)

[8]葛洪. 肘后备急方. 约公元340年间(东晋)

[9]江苏省高邮县卫生局. 探索运用青蒿防治疟疾的新途径(1977.4). 见:原全国523办公室. 523与青蒿素资料汇集,2004.3

[10]523组. 中药治疟方、药文献(1970.6). 见:原全国523办公室 523与青蒿素资料汇集(青蒿素知识产权争议料,1994年),2004.3

[11]顾国明. 关于参加部分青蒿研究工作的回顾,2004.6.5

[12]全国疟疾防治研究领导小组办公室. 关于疟疾防治专业会议情况

和有关问题请示的报告（1972）疟办字第5号，1972.5.31

［13］中医研究院中药所523临床实验小组．91#临床验证小结（1972.10）．见：原全国523办公室．523与青蒿素资料汇集（青蒿素知识产权争议材料，1994年），2004.3

［14］中医研究院中药研究所．青蒿抗疟研究（1971~1978）：26

［15］中医研究院中药研究所．青蒿抗疟研究（1971~1978）：27

［16］全国523办公室．关于青蒿抗疟研究的情况，1977.10

［17］山东省寄生虫病防治所巨野三防组．“黄1号”治疗间日疟现症病人疗效初步观察 1973.9.27．见：山东省中医药研究所中医药研究资料（内部资料，黄花蒿抗疟研究专辑）（12），1980.1：55

［18］云南省药物研究所．黄蒿素药理和毒理的初步研究（1973.10）．见：云南地区疟疾防治研究领导小组办公室．疟疾防治研究资料汇集（黄蒿素专辑，1977.2）：9~17

［19］云南省药物研究所．黄蒿素的初步化学研究（1973.10）．见：云南地区疟疾防治研究领导小组办公室．疟疾防治研究资料汇集（黄蒿素专辑，1977．2）：4~8

［20］全国疟疾防治研究领导小组办公室．523办公室负责同志座谈会简报（1974.1.17）．见：原全国523办公室．523与青蒿素资料汇集（523领导小组办公室文件）

［21］青蒿专题研究座谈会情况简报．见：全国疟疾防治研究领导小组办公室．疟疾防治研究工作简报（第一期），1974.4

［22］青蒿素知识产权争议材料（1994年）．见：原全国523办公室．523与青蒿素资料汇集，2004.3

［23］青蒿素知识产权争议材料（1994年）．见：原全国523办公室．523与青蒿素资料汇集，2004.3

［24］山东省中医药研究所．黄花蒿素及黄花蒿丙酮提取简易剂型治疗间日疟现症病人初步观察．中医药研究资料（内部资料，黄花蒿抗疟研究专辑（12），1980.1：57

［25］云南地区黄蒿素临床验证组，广州中医学院523小组．黄蒿素治

疗疟疾18例小结（1975.2）．见：原全国523办公室．523与青蒿素资料汇集（523领导小组办公室文件），2004.4

[26] 全国疟疾防治研究领导小组办公室．1975年523研究任务计划表．见：原全国523办公室．523与青蒿素资料汇集（523领导小组办公室文件），2004.4

[27] 523办公室负责人张剑方主任工作记录本．1975.2.20

[28] 卫生部负责人听取523办公室负责人座谈会汇报后的讲话．卫生部负责人听取523办公室负责人座谈会汇报后的插话、讲话（根据记录整理，未经本人审阅）．1975.3.5

[29] 齐尚斌，万尧德．还历史于本来面目——青蒿素研制中鲜为人知的故事，2005.11.1

[30] 523中医中药专业组．523中医中药专业座谈会简报（附件：1975年523中医中药研究计划表），1975.4.24

[31）全国疟疾防治研究领导小组办公室．关于疟疾防治药物专业会议情况和有关问题请示的报告〔1972〕疟办字第5号，1972.5.31

[32] “三部一院”．关于转发疟疾防治研究工作座谈会纪要的通知（附件：关于疟疾防治研究五年规划后三年主要任务与要求），1973.7

[33] 吴毓林致国家科委的信．1994.9.24．见：原全国523办公室．523与青蒿素资料汇集．青蒿素知识产权争议材料（1994年）

[34] 詹尔益．云南药物所青蒿素研究情况及几点看法．昆明：2004.4.29

[35] 中国科学院上海有机化学研究所档案室“原始实验记录本（1975.9.3）”．见：原全国523办公室．523与青蒿素资料汇集．青蒿素知识产权争议材料（1994年）

[36] 中医研究院中药研究所．青蒿抗疟研究（1971～1978）：27

[37] 中药青蒿治疗疟疾的研究取得新进展．见：全国疟疾防治研究领导小组办公室．疟疾防治研究工作简报（第1期），1976.2.8

[38] 赴民主柬埔寨疟疾防治考察组．赴民主柬埔寨疟疾防治考察报告，1976.7

[39] 青蒿防治疟疾研究工作简报．见：全国疟疾防治研究领导小组办

公室．疟疾防治研究工作简报（第3期），1976.9.7

［40］全国疟疾防治研究领导小组办公室．〔1977〕疟办函字第1号，1977.2.1

［41］青蒿含量测定技术交流学习班简报．见：全国疟疾防治研究领导小组办公室．疟疾防治研究工作简报（第1期），1977.4.13

［42］中西医结合防治疟疾药物研究专业座谈会在南宁召开．见：全国疟疾防治研究领导小组办公室．疟疾防治研究工作简报（第2期），1977.6.20

［43］疟疾防治研究工作座谈会秘书组．疟疾防治研究工作座谈会简报，1977.3.26

［44］全国疟疾防治研究领导小组．青蒿素鉴定书．江苏扬州：1978.11.28

［45］四川地区523办公室．“青蒿片”科研试制鉴定报告．见：青蒿抗疟研究（内部资料），1978.5.6：44

［46］国家医药管理局、总后勤部、国家卫生部．关于协助安排青蒿素（黄蒿素）生产的函（1979.1.23）．见：原全国523办公室．523与青蒿素资料汇集（1967～1981年），2004.3

［47］桂林制药厂中试室523组．青蒿素衍生物研究（内部资料），1978.11

［48］广西桂林制药厂．近年来青蒿素类药物研究的进展．广西医学，2003.10.25（10）

［49］http: // www.cintcm.ac.cn / catcm / zy / RCG.htm．新一代抗疟药——双氢青蒿素及双氢青蒿素片研究（一类新药）

［50］宋书元，滕翕和，丁林茂，李培忠等．青蒿素（QHS）油悬剂对猴亚急性毒性研究．中国药理通讯，1983（1）：21～23

［51］卫生部科教司司长黄永昌在青蒿素及其衍生物新闻发布会上的发言．见：原全国523办公室．523与青蒿素资料汇集（1981～1989年），2004.3

［52］李广进等．青蒿素及其衍生物获准投入生产．中国医药报，1987.9.24．见：原全国523办公室．523与青蒿素资料汇集（1981～1988

年），2004.3

［53］国家科委等部委（88）国科发生字427号．关于加快青蒿素类抗疟疾药物科研成果推广和出口创汇的通知．附件：关于青蒿素类抗疟药物科研成果推广和出口创汇座谈会纪要，1998.7.16

［54］青蒿素指导委员会．青蒿素及其衍生物1983年和1985年研究计划进度表．见：原全国523办公室．523与青蒿素资料汇集（1981～1988），2004.3

［55］卫生部黄树则副部长在各地区疟疾防治研究领导小组办公室负责同志工作座谈会上的讲话（1981.3.5）．见：原全国523办公室．523与青蒿素资料汇集（1967～1981）

［56］陈敏章．卫生部领导在“求是科技基金会”颁奖会上的讲话（1996.8.30，北京科技会堂）．见：原全国523办公室．523与青蒿素资料汇集（1988～1996），2004.3

［57］青蒿素及其衍生物研究指导委员会秘书处．青蒿素及其衍生物研究攻关协作会议简报（第1期，1982.1）．见：原全国523办公室．523与青蒿素资料汇集（1981～1988年），2004.3